Reinhold Ruthe

Ein Anderer wird dich führen

Kurzgeschichten

johannis

Bibliografische Information der Deutschen Nationalbibliothek
Die Deutsche Nationalbibliothek verzeichnet diese Publikation
in der Deutschen Nationalbibliografie; detaillierte bibliografische
Daten sind im Internet über http://dnb.d-nb.de abrufbar.

ISBN 978-3-501-05315-7

Johannis Großdruck Paperback
Bestell-Nr. 05 315

Umschlagbild: Creatas Images/Jupiterimages
Umschlaggestaltung: Ch. Karádi
Lektorat: Dr. Ulrich Parlow
Gesamtherstellung: St.-Johannis-Druckerei C. Schweickhardt GmbH,
Lahr/Schwarzwald
Printed in Germany 2010

www.johannis-verlag.de

Denn so spricht der Herr Zebaoth, der mich gesandt hat, über die Völker, die euch beraubt haben: Wer euch antastet, der tastet meinen Augapfel an.

Sacharja 2,12

Inhalt

Vorwort

Ein Anderer wird dich führen, ein Anderer wird in dein Leben eingreifen, ein Anderer hat immer die Hand im Spiel.

Es ist eine Erfahrung, die in allen Kurzgeschichten zur Sprache kommt.

Es ist eine Erfahrung, die mein Leben schon als Kind, Jugendlicher und Heranwachsender bestimmt hat.

Ich bin im Hitlerreich groß geworden. Mit 15 Jahren wurde ich als Luftwaffenhelfer verpflichtet und landete schon mit 17 Jahren in Nordfrankreich in amerikanischer Gefangenschaft. Ein Leben, das fortwährend auf den Kopf gestellt wurde. Hitler, der den Zweiten Weltkrieg vom Zaun brach, machte uns per Befehl zu Kindersoldaten. Wir wurden nicht gefragt, wir wurden fremdbestimmt. Das Töten haben wir systematisch gelernt. Solche Eindrücke hinterlassen Spuren im Leben.

Aber es bleibt dabei: Kein Gedanke trifft meine Lebenssituation bis heute besser als die Überschrift der Kurzgeschichten: Ein Anderer wird dich führen.

Ich wünsche allen Leserinnen und Lesern Mut machende Erfahrungen.

Reinhold Ruthe

Der Mond im Fluss

Lautlos gleitet das Boot auf einem der vielen Nebenflüsse des Amazonas durch die lastende, brütende Hitze Brasiliens. Die Sonne steht senkrecht. Ihr bleibt nur ein schmaler Spalt zwischen den grünen Dschungelmauern. In diesen Spalt schüttet sie angestrengt ihre Strahlen.

Missionar Barnham blickt in die dunkelschlammige Flut. Seine Gedanken und seine Gebete beschäftigen sich mit den Yapuri-Indianern, denen er die Frohe Botschaft von Jesus Christus ausrichten soll. Er schaut zurück in die Vergangenheit. Zwei seiner Vorgänger wurden von den kriegerischen Stämmen getötet. Missionar Raimond trat dann trotzdem ohne Furcht den gefährlichen Dienst an. In seiner zerlesenen Bibel klebte eingangs das Wort: »Gott tut Wunder« Seine Hoffnung wurde nicht zuschanden. Eine Handvoll Indianer nahm ihm die Botschaft ab, die übrigen achteten und verehrten ihn.

Leider musste er vor Monaten aus dem Urwald zurückkehren, krank und schwach. »Bruder Barnham, Gott tut Wunder. Gott befohlen!« Damit verabschiedete Raimond seinen Nachfolger. Kein Wort mehr. Die Einsamkeit des Urwaldes hatte ihn schweigsam gemacht.

Plötzlich kreischen Affen in der Nähe. Die dünne Lederleine seines Hundes Dandy, fest um Barnhams

Handgelenk gewickelt, reißt ihn ruckartig in die Gegenwart zurück.

»Was gibt's denn, Dandy?«, versucht er seinen kleinen, buschigen Spitz zu beruhigen. Er ist froh, dass er diesen kleinen Freund mitgenommen hat, der ihm vor Jahresfrist das Leben rettete. Damals hatte er sich hingelegt, völlig übermüdet, als Gas im Herd ausströmte und er erstickt wäre, wenn Dandy nicht durch lautes Bellen Hilfe geholt hätte.

»Dandy, was hast du denn?«

Der Spitz klettert auf die äußerste Kante des Bootes, er hechelt in der Brutofenhitze und bellt dann wie ein Maschinengewehr los. Die Leine spannt sich ruckartig. Auf einem weit überhängenden Ast, der mit seiner Spitze das Wasser berührt, sitzt ein silbrig grauer Vogel, der nur abweisend seinen stattlichen Kopf dreht und das Boot an sich vorbeigleiten lässt. Der stämmige Indianer, der dem Missionar das Boot fährt, holt aus dem hinteren Teil des Bootes sein Gewehr und feuert es auf den großen Vogel ab. Der Wald kreischt nach dem Schuss auf. Ein Sturm der Entrüstung fegt durch die grüne Hölle. Der Vogel schlägt mit seinen riesigen Schwingen gegen Blätter und Zweige und fällt tot ins Wasser, wo sich die Hyänen des Flusses, gierige Piranhas, pfeilschnell auf die Beute stürzen. Das träge, friedliche Wasser gerät in Ekstase. Der Vogel scheint wieder Leben zu bekommen. Das Wasser siedet und brodelt. Weißer Schaum spritzt in die Höhe. Nur Augenblicke, dann liegt auf dem Wasser eine fleischlose Federhülle. Die Baumschatten sind inzwischen noch nicht einen Zentimeter weitergewandert.

»Senor, du kennen Piranha?«, fragt der breitschultrige Indianer.

Eine Gänsehaut kriecht dem Missionar über den Rücken.

»Ja, José, ich kenne die Fische. Bis vor Augenblicken allerdings nur aus Büchern. José, sie sind schlimmer, als ich gedacht habe.«

Der Missionar krault in dem buschigen Haarpelz seines kleinen Begleiters, der immer noch in ungelöster Spannung, vom Schreck gelähmt, auf dem Bootsrand hockt. Er verdeckt mit der Hand die Augen des Tieres und zieht es auf seinen Schoß. Das Boot gleitet still dahin. Hin und wieder schlingert es, als müsse es die teuflischen Mächte aus der Tiefe abschütteln. Tausende und Abertausende kleiner, unscheinbarer Wellen werfen sich dem Schiff entgegen. Das Auge des Missionars ist auf das Verderben bringende Wasser gerichtet.

»Gott tut Wunder, Gott tut Wunder.«

Drei Worte geben seiner Hoffnung wie drei gute Mächte Kraft und Gewissheit. Drei Worte beflügeln seinen Eifer, das Werk des kranken Raimond weiterzuführen.

Wo die Waldbarrikade nur widerwillig einen Blick ins Innere freigibt, stehen auf einer Lichtung die Malokas, die Hütten der Indianer. Von ferne sehen sie wie riesige Ameisenhaufen aus. Tiefer im Wald kreischen und lärmen Papageien, Affen und Millionen von Zikaden, hier umkrallt den Menschen eine fiebrige Atmosphäre.

Heute ist Festtag bei den Yapuri. Am Ufer liegt auf einem meterhohen Holzgestell ein halbes Dutzend schwere tote Wasserschweine. Dahinter auf der Erde ein viele Meter langes Krokodil, dem das Rückgrat durchschlagen ist.

Kinder, Frauen und Männer säumen den Fluss. Unaufhörlich schnarren sie eintönige Gebete, werfen plötzlich ihre Arme hoch oder drücken mit ihren Händen eine gebende Bewegung aus. Die bösen Flussgeister, die in den Piranhas Gestalt angenommen haben, sollen beruhigt werden. Ein Versöhnungsopfer soll die Yapuri vor Übergriffen schützen. Tier um Tier wird unter Beschwörungsformeln ins Wasser gestoßen. Das Wasser schäumt auf. Blutig rot klatscht es zurück.

Am Abend hocken sie auf Baumstämmen im Kreise, schweigsame Indianer. Der Missionar sitzt unter ihnen. Der Mond steht wie eine glänzende Scheibe am Firmament und wirft einen silbrigen Schein auf das krause Wasser.

In die Stille spricht plötzlich der Häuptling ohne jede Überleitung: »Señor, was hast du uns zu sagen, sprich!«

Missionar Barnham spürt, wie sich die Worte, die er sagen wird, von unsichtbarer Hand gelenkt in seinem Hirn formen. Er weiß sich inmitten der Urwaldeinsamkeit von guten Mächten geborgen. Dennoch fühlt er körperlich, wie diese Eingeborenen voll Misstrauen und kaum verhüllter Feindschaft sind.

Dandy, sein Hund, hat sich von seiner Leine befreit und trippelt aus dem Kreis zum Ufer. Einige Augenpaare folgen dem buschigen Knäuel, dann starren sie wieder den Missionar an.

»Brüder, die bösen Geister könnt ihr nicht mit Opfern versöhnen noch besiegen. Sie werden euch bis an euer Lebensende und darüber hinaus vergewaltigen, euch in Angst und Furcht halten. Es gibt nur einen, der euch frei machen kann, der die Geister besiegt hat, das ist Jesus Christus.«

Am Ufer plätschert es. Alle Blicke fliegen zum Wasser. Einige Männer erheben sich. Erregt sieht auch der Missionar zum Fluss. Dandy schwimmt arglos im Wasser, von bösen Geistern angelockt, zur Mitte des Flusses. Der Missionar betet in seinem Herzen. Es ist, als halte der Wald den Atem an. Was wird, wenn ...

Ein leiser Pfiff des Missionars. Der buschige Schwanz ragt wie eine Siegesfahne aus dem Wasser. Der Vollmond bebt zitternd in der Mitte der Flut. Warum reißen ihn die Geister nicht in die Tiefe? Warum zischt das Wasser nicht? Unangefochten schwimmt Dandy zurück über den gefährlichen Todesfluss und kommt ans Ufer. Die flattrige Mondscheibe beruhigt sich wieder, ihr krauses Antlitz wird wieder glatt. Der Hund schüttelt seinen nassen Pelz. Unzählige schimmernde Punkte springen zurück ins Wasser.

Eine stumme Schar Indianer schaut wortlos zum Missionar. Ihre dunklen, fragenden Augen verraten ein besonderes Verlangen, mehr zu erfahren. Einer fällt in die Knie und beugt seinen Kopf ehrfurchtsvoll zur Erde.

Der Häuptling ist wieder der Erste, der spricht.

»Señor, du musst uns mehr von deinem Gott erzählen. Dein Gott ist stärker als Angst und Geister.«

»Morgen werde ich mehr erzählen. Geht jetzt schlafen.«

In seiner Maloka wirft sich der Missionar dankend auf die Erde. Ein unbegreifliches Wunder hat Gott an ihm getan. Zärtlich streichelt er seinen kleinen Hund und flüstert ihm zu:

»Dandy, du darfst aber am Tage nicht in den Fluss gehen, hörst du? Gott hat es in seiner Weisheit so eingerichtet, dass die Piranhas allein in den Nächten, wo der volle Mond im Wasser schwimmt, nicht beißen. Sie haben dann Angst vor ihrem eigenen Schatten. Komm, leg dich zu mir. Gott tut auch heute noch Wunder.«

Ikonenraub in Leningrad

Unterrichtspause.

Auf dem Hof der Lomonossow-Schule spielten einige Hundert Schüler. Es war die Eliteschule Leningrads, benannt nach dem berühmten Gelehrten M. W. Lomonossow, der die russische Wissenschaft begründet hatte.

Die Kinder futterten ihre Butterbrote. Hinter dem Drahtzaun stand Dimitri, ein großer, kräftiger Junge, dreizehn Jahre alt, eine gesteppte Jacke auf dem Körper, die ihn noch wuchtiger erscheinen ließ. Er hatte diese Schule nie von innen gesehen. Er durfte sie nicht besuchen, seine Zeugnisse reichten dafür nicht hin und nicht her. Hier kamen nur Kinder mit überdurchschnittlichen Leistungen an.

Wassili, sein Freund, hatte ihn erkannt und streckte ihm seine Hand durch den Draht entgegen. Er war ein Jahr jünger und seine Eltern mächtig stolz, dass er die Eliteschule besuchen durfte. Dimitri sah ihn mitleidig an. Jedenfalls tat er so. »Funktionärspenne«, sagte er von oben herab.

Wassili war fast einen Kopf kleiner und schmächtiger. »Red nicht so laut!«, zischte er.

»Stimmt es etwa nicht? Die Kinder aller Apparatschiks laufen hier rum. Das ist eure Elite.«

Wassili drückte sich noch näher an den Zaun und blickte zu ihm hinauf.

»Nein, das stimmt nicht, schau mich an. Mein Vater ist Arbeiter in der Fischfabrik hinter den Leninbergen. Ich ...«

»Du bist sowieso eine Ausnahme«, höhnte Dimitri.

»Lass den Quatsch«, sagte Wassili. »Was gibt's?«

Mit beiden Fäusten fasste Dimitri in die Maschen und brachte seinen Mund an Wassilis Ohr.

»Ich hab ein tolles Ding im Auge, einen Knüller, sage ich dir.« Er kniff dabei vielsagend ein Auge zu. »Wir müssen es nur richtig deichseln!«

»Wir, hm«, sagte Wassili skeptisch.

Der andere wandte sich ab.

»Nein, vergiss es wieder, du Angsthase, ich suche mir einen anderen Partner.« Er tippte an seinen Kopf. »Dass ich doch immer wieder darauf reinfalle, hier oben habt ihr was drin, ihr Klugscheißer, aber Mumm für keine Kopeke.«

Diese Töne konnte Wassili nicht leiden. Er stand unschlüssig.

Auf der einen Seite war er stolz auf seine Schule, auf der anderen mochte er aber diesen Dimitri, diesen Burschen, der keine Angst hatte und sich laufend die unglaublichsten Dinge leistete. Wassilis Eltern waren dagegen, dass ihr Sohn mit so einem verkehrte. Sie hielten ihn für einen Filou. Das war er auch. Ohne Zweifel. Außerdem dumm und faul. Letzteres besonders.

Wassili imponierte das, weniger die Dummheit als vielmehr die Frechheit, mit der er sie zur Schau trug. Es schellte.

Die Schulkinder brachen ihre Spiele ab. Etliche rannten noch schnell zu den Papierkörben, warfen ihr zusammengeknülltes Butterbrotpapier hinein und stellten sich dann in Reih und Glied auf.

»Sag schon, was los ist«, drängte Wassili.

Dimitri presste seine Lippen aufeinander und kam nicht mit der Sprache heraus.

»Ich trau dir nicht übern Weg. Die Geschichte ist höchst gefährlich. Und wenn wir auffliegen, kannst du dir deine Angeberpenne an den Hut schreiben!«

Die Ersten gingen schon durch die offene Schultür.

Wassili rannte los.

»Bis heute Nachmittag«, rief er.

Dimitri sagte nichts, aber er wusste, dass er ihn neugierig gemacht hatte. Und das genügte ihm vorerst.

Am nächsten Tag musste Wassili um acht Uhr in der Schule sein. Tags zuvor hatte er seinen Freund vergeblich im Marsfeld gesucht. Dort trafen sie sich nachmittags, wenn er seine Schularbeiten gemacht hatte.

Der Knüller spukte ihm im Kopf herum. Er war ganz aufgeregt. Die Lehrerin war schon hereingekommen und er unterhielt sich noch mit seinem Hintermann, mit Igor, über das neueste Flugzeug, das sie im Pionierpalast am Fontanka-Kai in der letzten Bastelstunde gebaut hatten. Er stand, um besser zu Wort zu kommen, und redete heftig auf seinen Kameraden ein.

Die Klasse war längst ruhig geworden. Plötzlich schrillte sein Name durch die Klasse. »Wassili Suworow!«

»Ja, Genosse Lehrerin«, stammelte er. Er riss sich herum und sackte auf seinen Platz.

»Wassili, Urenkel des berühmten Suworow, stimmt's?«

Er nickte beschämt.

Die Lehrerin kam näher. Auf dem Stundenplan stand Heimatkunde. Das konnte ja heiter werden.

»Das Denkmal deines Urgroßvaters steht wo?«

»Am Auslauf der Kirow-Brücke!«

»Von wem erbaut?«

»Ich weiß es nicht.«

Die Lehrerin holte tief Luft.

»Das sieht dir ähnlich. Unsere Schule erweist sich ihrer Helden würdig. Und du? Der Bildhauer Koslowski hat 1808 das Denkmal erbaut. Der Künstler gab dem General die Gestalt des Kriegsgottes Mars, der seinen Schild erhebt, um den Zaren zu schützen, der durch die Auswirkungen der französischen Revolution bedroht war.«

Wassili nickte pflichtbewusst.

»Dein Urgroßvater würde sich im Grabe umdrehen, wenn er wüsste, wie du sein Andenken ehrst!«

Die Lehrerin war hager, groß und wirkte sehr männlich. Sie setzte alles daran, die Kinder zu vaterlandstreuen Menschen zu erziehen. Sie war hart und verlangte viel, vor allen Dingen Ruhe und absolute Disziplin. Sie hatte die Angewohnheit, in jeder Stunde einen besonders ranzunehmen. Die Übrigen in der Klasse waren beruhigt, heute musste Wassili dran glauben.

»Die Aufgaben für heute – Peter der Große.« Sie sagte das kurz und scharf.

»Wie viele Denkmäler von Peter dem Großen stehen in Leningrad – Wassili?«

Wassili zog sich mühsam hoch. Die Lehrerin war an sein Pult getreten.

»Zwei«, sagte er.

»Gut.«

»Und welches ist das bedeutendste?«

»Das Denkmal auf dem Dekabristenplatz.«

»Gut.«

Er dachte mit Schrecken daran, wie es wäre, wenn sie jetzt alle Einzelheiten abfragen würde. Ganze zehn Minuten hatte er darauf verwendet, die Seiten zu überfliegen.

»Wie lang ist der Gesamtblock?«

»Ich weiß es nicht, Genosse Lehrerin.«

»Wie hoch ist die Reiterstatue?«

»Acht Meter!«

»Wir sind nicht im Rathaus, Wassili. Du weißt es nicht.«

Sie tippte mit dem Zeigefinger gegen seine Brust. »Und wie hoch ist die Gestalt des Zaren?«

»Fünf Meter!«

»Du hast deine Hausaufgabe miserabel erledigt. Drei Meter sind richtig.«

»Eine letzte Frage: Wann wurde das Denkmal fertiggestellt?«

»Ich weiß es nicht, Genosse Lehrerin.«

Sie legte andeutungsweise ihre knochige Hand auf seine Schulter. »Setz dich!« Und leise zischte sie ihm zu: »Ich werde dir eine Fünf anschreiben. Gleichzeitig dem Genossen Borislav im Pionierpalast Nachricht geben, dass das Flugzeug ohne dich gebaut wird.« Und nach einer kurzen Pause: »Es soll ein dolles Flugzeug sein, nicht?« Ironisch zog sie ihre Lippen breit.

Sie ging nach vorn und dozierte: »Wer seine Schulaufgaben nicht macht, betrügt den Staat und stößt viele fleißige Menschen vor den Kopf, die es euch ermöglichen, diese Schule zu besuchen.«

Sie drehte sich ruckartig auf dem Absatz um. Jeder hing lautlos an ihren Lippen.

Wassili fiel in sich zusammen. Diese Sprüche kannte er schon. Sein Nebenmann wagte einen scheuen Blick zu ihm. Wegen des Flugzeugs tat er ihm leid.

Wassili war klein, aber ihn hatte ein großer Zorn gepackt. Er mahlte mit den Zähnen und ließ die Backenknochen spielen. Er war in der Stimmung, alle Fenster der Schule einzuwerfen oder der Dürren einen lebendigen Frosch in die Handtasche zu packen. Was diese alte Gans sich einbildete! Was interessierte ihn sein Urgroßvater, der seinen Degen gegen die Franzosen gezückt hatte? Die alte Schachtel wusste einfach alles. Sie hätte wahrhaftig angeben können, wie viel Zentner Eisen man in den Schweif des Pferdes von Peter dem Großen gegossen hatte.

Das war doch lächerlich. Aber noch lächerlicher war, dass er jetzt im Geiste einen großen Mund riskierte und doch keinen Schneid hatte, ihr gehörig eins auszuwischen.

Das hätte Dimitri passieren sollen!

Wütend schlenderte Wassili heute nach Haus. Er verfluchte die Schule.

Er wohnte am Gribojedow-Kanal in der ersten Etage neben dem Zimmer seiner Großmutter. Eine alte Frau, die er im Geheimen bewunderte. Wenn jemand an die Haustür kam, öffnete sie ihre Zimmertür einen Spalt und schaute auf den Flur. Sie saß viel in ihrem Zimmer und las. Sie kannte aus dem alten Russland Geschichten in Hülle und Fülle. Mit der Sowjetunion war sie nicht einverstanden. Wahrscheinlich war sie dafür zu alt.

Wassili schlug die Tür mit lautem Knall zu und fluchte wie ein Soldat. Es machte ihm so richtig Spaß, seinem Herzen Luft zu machen.

Leider hatte die Großmutter alles mit angehört.

Als er an ihrer Tür vorbeikam, sprang sie mit einem Satz heraus, fasste die Hand des Jungen und zog ihn ins Zimmer.

Er hätte sich natürlich wehren können, aber bei der Großmutter traute er sich nicht.

An den Wänden hingen vergilbte Fotos aus ihrer großen Familie. Großeltern, Geschwister und ihr verstorbener Mann. Auf der rechten Seite, unter dem Fenster, hing eine große Ikone, ein altes Heiligenbild, das die Jungfrau Maria mit dem Jesuskind auf dem Arm darstellte. Solche Ikonen hingen früher an den Wänden aller russischen Familien. Oft sogar mehrere.

Großmutter sagte kein Wort und zwang den Jungen vor das Bild. Ihre dürren Finger kniffen ihm ins Fleisch.

»Knie nieder!«, sagte sie.

Ihr Atem ging schnell und laut vor Ärger und Erregung, ihr Puls jagte.

Wassili wollte die Großmutter nicht ärgern, er hatte heute genug durchgemacht und kniete gleichgültig nieder.

»Bitte die Heilige Jungfrau um Vergebung«, sagte sie.

Wassili faltete mechanisch seine Hände. Dann kam ihm das doch zu dumm vor und er sagte: »Die hört mich ja doch nicht.«

Die Großmutter stand hinter ihm.

»Mit deinen zwölf Jahren weißt du das sicher genau.« Sie bekreuzigte sich und sagte: »Sprich mein Gebet nach!«

Er starrte mit offenen Augen auf das Bild, das schon eine tiefe dunkle Färbung angenommen hatte. Seit Jahrzehnten hing es an derselben Stelle. Der Kopf des Jesuskindes war ein einziger goldgelber Fleck. Die Farbe von Augen, Mund und Haaren war abgeküsst. Und die Goldbronze leuchtete aus den dunklen Umrissen hervor.

»Heilige Jungfrau, Mutter Jesu, erbarme dich.«

Wassili wiederholte monoton, ohne innerlich beteiligt zu sein: »Heilige Jungfrau, Mutter Jesu, erbarme dich.«

»Ich habe gesündigt mit bösen Worten ...«

»Ich habe gesündigt mit bösen Worten ...«

Über den Flur hallten Schritte. Die Tür wurde, ohne anzuklopfen, aufgemacht und die Mutter stand im Türrahmen. »Wo bleibst du denn, Wassili?«, rief sie.

Der Junge sprang auf und stöhnte.

»Großmutter wollte ...«

»Er hat geflucht«, fiel sie ihm ins Wort. »Er hat Gott gelästert.«

Wassili schlug die Hose über den Knien ab.

»So ein Blödsinn!«, grunzte er vor sich hin.

Die Großmutter sah ihm betroffen nach und schlug das Kreuzeszeichen. Seine Mutter schwieg dazu.

Als Wassili seine Schularbeiten gemacht hatte, hielt es ihn nicht länger zu Hause. Der Knüller in Dimitris Gehirn ließ ihm keine Ruhe. Es war bestimmt keine faule Ente.

Er kannte den Langen. Er log schlimmer, als ein Steppenpferd laufen konnte. Aber was seine »Dinger« anging, da hielt Dimitri, was er versprach.

Wassili wusste, wo er ihn finden würde. Im Marsfeld, in der Nähe der Schelabow-Straße, wo Dimitri wohnte.

Das Marsfeld war ein großer Park, den man nach der Oktoberrevolution neu hergerichtet hatte. Früher war dort ein Exerzierplatz des Zaren Paul gewesen, doch jetzt konnte man dort herrlich toben und ahnungslosen Besuchern Streiche spielen.

Dimitri saß wie ein artiger Schüler auf einer der Bänke, die man um ein karreeförmiges Ehrenmal aus Granit angebracht hatte. Mitten im Park.

Wassili kam auf ihn zu, verbarg seine Neugierde und sagte: »Ich kenne diesen Park wie meine Westentasche. Seit drei Wochen kann ich alle Geschichtszahlen singen, die mit diesem Flecken zu tun haben. Unsere Paukerin hat sich zwei Stunden darüber ausgelassen.«

Dimitri grinste.

»War bestimmt Petra die Große«, sagte er.

Er kannte sie aus Wassilis Erzählungen. Es war dessen Heimatkundelehrerin, sie war 1,94 m groß. Fast so groß wie der Erbauer Leningrads, Peter der Große. Und weil sie den berühmten Zaren verehrte, hatte man ihr den Spitznamen »Petra die Große« gegeben.

Wassili starrte Dimitri an. Der war arg mundfaul heute, blickte gelangweilt zurück und tat, als wenn er kein Wässerchen trüben könnte.

Wassili wurde ungeduldig, stellte sich auf eine Bank

und deklamierte: »Nach dem Sturz des Zaren fanden hier Demonstrationen gegen die Politik der provisorischen Regierung statt. Und am 1. Mai hielt Lenin auf dem Marsfeld eine große Ansprache.«

Dimitri hatte die Nase voll. »Halt deine schlaue Klappe«, rief er. »Ich werde dir jetzt mal eine Ansprache halten. Und kommt davon ein Wort an die große Glocke, stecke ich dir einen Molotowcocktail unter den Hintern.«

Wassili sprang erschrocken von der Bank.

Er kannte die üblen Dinger. Dimitri hatte sie selbst gebastelt. Er konnte zwar keine Aufsätze schreiben und beim kleinen Einmaleins streikte sein Gehirn, aber er war praktisch und raffiniert. Auf irgendeine Weise wollte er mal Ingenieur werden. Wie, das wussten er und seine ganze Familie nicht. Jedenfalls konnte er Sprengladungen in Flaschen konstruieren, die eine tolle Wirkung hatten. So hatte er ihn eines Sonntagmorgens ganz früh mitgenommen an den Finnischen Meerbusen und ihm gezeigt, wie man mit Molotowcocktails Fische fangen konnte. Er warf die Sprengladung ins Wasser, wartete einen Augenblick, bis die Explosion kam, und zog anschließend die Fische, denen die Blase geplatzt war, aus dem Wasser.

Wassili hatte fürchterlich Angst geschwitzt. Wenn jemand sie beobachtet hätte!

Dimitri war schon ein Kerl. Er hatte sich damals nur einmal umgeschaut und kaltblütig die Flasche ins Wasser geworfen. Jetzt stellte sich Dimitri dicht vor Wassili, warf einen Blick in die Umgebung und begann zu flüstern: »Du kennst doch das Hotel Druschba in der

Smolny-Straße. Seit einigen Jahren wohnen da fast nur noch Kapitalisten aus dem Westen.«

Wassili nickte. Sein Vater hatte davon erzählt.

»Die mit den weißen Nylonhemden und den Nylonstrümpfen.« Wassili zog die Augenbrauen hoch.

»Verstehe, Schwarzhandel!«

»Ich würde an deiner Stelle hier leiser reden. Jedenfalls, diese reichen Pinkel wollen da billig leben und gleichzeitig Geschäfte machen, verstehst du?«

»Fast«, sagte Wassili.

»Also, sie wollen Nylonklamotten für harte Rubel verscheuern und gegen Kunstschätze tauschen.«

»Und dann?«

»Du kannst unendlich blöd fragen!«, sagte Dimitri. »Und dann?!«

Der andere zog die Stirn kraus und steckte die Hände in die Hosentaschen.

»Beleidigt?«

»Ne, mir leuchtet das bloß nicht ein.«

Dimitri tippte Wassili an die Stirn.

»Du hast ein kluges Köpfchen, aber nachdenken kannst du nicht. Sie tauschen Nylonsachen und bekommen dafür – sagen wir mal: Ikonen.«

»Ikonen«, wiederholte Wassili. Erst heute Morgen hatte er zwangsweise vor einer auf den Knien gelegen.

»Die hingen früher überall. Sollen ganz schön wertvoll sein.«

Der Lange nickte.

»Verstehst du was davon?«, fragte Wassili.

»Nichts!«, erklärte Dimitri. »Ich weiß nur, dass man die gut verscheuern kann.«

»Wer hat dir denn den Floh ins Ohr gesetzt?«

»Mein Vater. Vorige Woche habe ich ihn belauscht. Ich stand hinter der Tür und hörte ein Gespräch mit. Drei Ikonen, die früher bei uns auf dem Boden lagen, haben sie im Hotel Druschba verhökert. Was glaubst du denn, wo der Alte seine Nylonhemden herhat und die Nylonmäntel?«

»Mein lieber Kokoschinski«, sagte Wassili, »ganz schön gefährlich.«

Dimitri beugte sich zu ihm herab.

»Was hab ich dir gesagt? Für Leute mit 'nem Intelligenzfimmel ist das nichts.«

Wassili schwieg.

»Du hast Grips, aber keinen Schneid. Lass es, ich such mir einen anderen Partner!«

Wassili war beleidigt. Er wollte nicht dumm sein, um Himmels willen, aber auch kein Feigling. Und kurz entschlossen warf er seine Bedenken über Bord.

»Was hast du vor?«

»So fragt man Dumme«, sagte Dimitri. »Du kannst noch nicht mal 'nen Wodka von Himbeerlimonade unterscheiden. Und dich soll ich einweihen?«

Wassili holte tief Luft und streckte seine Brust raus. »Du kannst dich auf mich verlassen, hundertprozentig. Schieß los!«

Dimitri nahm seine Hand, er war beruhigt. Langsam, aber sicher hatte er seinen Freund rumgekriegt.

»Ich brauche einige erstklassige Ikonen, verstehst du? Und weil ich nicht weiß, ob die Dinger, die in den Häusern hängen oder auf dem Boden liegen, was taugen, besorge ich sie mir aus einer Kathedrale.«

Wie bei einem Überfall warf Wassili beide Arme hoch. »Bist du wahnsinnig? Womöglich aus der Eremitage, was?«

»Du bringst mich auf eine Idee.«

Dimitri dachte scharf nach, kniff vorübergehend beide Augen zu und wickelte einen Gedanken säuberlich aus.

»Natürlich, an der gefährlichsten Stelle, da rechnet kein Mensch mit.«

»Ohne mich, das ist Selbstmord. Außerdem laufen da haufenweise Besucher in den Sälen herum.«

Dimitri flüsterte wieder. Zwischendurch war er unmerklich lauter geworden. »Unmögliche Dinge gibt's nicht. Seit der Sozialistischen Oktoberrevolution ist alles möglich. Alles, sage ich dir.«

Wassili kratzte sich am Kopf. Hätte er bloß geschwiegen. Hätte er nur nicht den Mund so voll genommen.

Dimitri strahlte ihn an. Wassili konnte wahrhaftig nicht beurteilen, ob es Leichtsinn war oder eiskalte Berechnung.

Jetzt wäre er gerne Prophet gewesen. Nur einmal!

Die Sache aufschieben war unmöglich. Dimitri hätte ihn ausgelacht. Wie sie ihn als den Kleinen schon oft ausgelacht hatten. Seine Freunde und seine Kameraden.

Wie oft hatte er betteln müssen, wenn die Großen eine Sache ausheckten. »Geh lieber zur Mutter, Kleiner«, hatten sie gerufen. Schon das Wort »Kleiner«! Der heiße Zorn packte ihn. Jedes Mal ärgerte er sich schwarz darüber.

Wenn er jetzt abspränge, wäre er für Dimitri erledigt.

Er sah es Dimitri an, dass der Plan in seinem Kopf Gestalt annahm.

»Hör zu, Wassili, wir gehen jetzt nach Hause und basteln an dem Plan. Einverstanden?«

»Einverstanden!«

Am nächsten Tag saßen sie wieder im Park. Sie hatten eine Bank ausfindig gemacht, von der aus sie die ganze Umgebung übersehen konnten. Tagsüber gingen viele Menschen dort spazieren. Das Marsfeld lag mitten in der Stadt.

Dimitri hatte es eilig. Der Plan brannte ihm unter den Nägeln. Er ließ den Kleinen gar nicht zu Wort kommen. Seine Gedanken sprudelten nur so heraus. Er war ein guter Taktiker, wie er das Für und Wider abwog.

Wassili schauderte, wie eiskalt der Freund die Situationen abschätzte. Dimitri wagte viel, aber ...

»Zwei Objekte kommen in Frage«, sagte er.

»Hoffentlich nicht die Eremitage.«

»Stell dir vor, du schlägst die ›Prawda‹ auf und auf der Titelseite steht: ›Der frechste Diebstahl des Jahres. Ikone aus dem größten Museum der Welt gestohlen‹. Hm?«

»Es hängen keine Ikonen drin. Das mit der ›Prawda‹ wird nichts«, sagte Wassili.

»Woher weißt du das?«

»Ich habe meine Schwester gefragt!«

Dimitri rollte mit den Augen.

»Hast du den Verstand verloren? Spricht der Knirps mit seiner Schwester!«

Wassili hob beschwörend die Hände.

»Ich bin doch kein Idiot und erzähl ihr, was wir vorhaben.«

Dimitri packte Wassilis Arm.

»Ich kugele dir deine Arme aus, wenn ein Wort rauskommt. Was hat sie gesagt?«

»Sie hat mir erzählt, was sie alles gesehen hat, wie groß das Museum ist, dass über zwei Millionen Ausstellungsstücke in 340 Sälen sein sollen und so weiter und so weiter.«

Dimitri winkte ab.

»Und dass keine Ikonen drin hängen. Also lassen wir das.« Dimitri schnipste mit dem Finger.

»Und hier mein Spezialtipp. Auf alle Fälle einfacher, nur ...«

Wassili spitzte die Ohren.

»Etwas gemeiner. Sagen wir: unanständiger.«

»Für wen?«

Von der Seite warf ihm Dimitri einen spöttischen Blick zu und verzog den Mund. »Für dich natürlich.«

»Natürlich ist das gar nicht. Und weiter?«

»Wir holen uns die Ikone aus der Alexander-Newski-Kathedrale am besten nach dem Gottesdienst. Die Kirche steht leer. Die Leute gehen zum Essen und wir können ruhig arbeiten.« Und mit verstelltem Gesicht: »Da ist selbst der liebe Gott machtlos.«

Wassili erschrak. Natürlich war die Idee gut. Und wie. Aber sie schmeckte ihm nicht. Er dachte an seine Großmutter, die Sonntag für Sonntag in der Kathedrale stand, sich zigmal bekreuzigte und die Ikonen an den Wänden abküsste. Er war nicht fromm – keineswegs. Von Religion hielt er nicht viel. Aber irgendwie kam er sich vor wie ein Schuft.

Dimitri verschränkte seine Arme über der Brust und

stichelte. »Die Religion steckt dir aber tief in den Knochen. Schau dich an, du hast ja Pudding in den Knien.«

Wassili war sich nie klar darüber geworden, wie weit er den Glauben an Gott aus seinem Leben gestrichen hatte. Eigentlich war da gar nicht viel zu streichen. Mit dem Kopf beschäftigte er sich kaum mit der Frage nach Gott. Es sei denn, sie stand auf dem Stundenplan. Und das kam oft vor. Tauchten Zweifel auf, versuchte er sie abzuschütteln wie Wasser nach dem Bad.

»Ausgerechnet aus einer Kirche«, flüsterte er nach einer Weile.

»Die sicherste Methode.«

»Kein anständiger Mensch wagt eine solche Schweinerei.«

Der Kleine entrüstete sich über den Gedanken und versuchte seinen Freund zu überzeugen. Er gab sich einen Ruck und seiner Stimme mehr Lautstärke. Er wunderte sich selbst, wie aufgebracht er war.

»Bei dem Plan kannst du mit mir nicht rechnen.«

Dimitri polterte los: »Verflucht noch mal, wir stehen schon wieder am Anfang. Es reicht mir jetzt.«

Aber er brauchte den Kleinen für seinen Plan, der schon viel weiter gediehen war, als Wassili ahnte.

Beide hatten während des Gesprächs gestanden.

Dimitri ließ sich resigniert auf die Bank fallen und brütete vor sich hin. Er ließ dabei den Kopf auf die Brut sinken und schaute auf seine Hände, die er zu Fäusten ballte. Wassili stand noch und verfolgte jede Bewegung.

»Jetzt versteh ich, warum die Schwächlinge Religion brauchen«, sagte er. »Ohne Gott klappen sie zusammen wie ein Taschenmesser.«

Er blickte auf.

»Und dir geht es genauso!«

Wassili wand sich wie ein Aal.

»Ich bin kein Feigling.«

»Beweis es!«

Dimitri hatte gezielt pariert.

»Wenn du bei dieser Sache nicht mitmachst, bist du ein jämmerlicher Waschlappen und für mich erledigt, hast du verstanden?«

In Wassili lehnte sich alles auf. In seinen ein Meter dreiundvierzig sträubte sich alles gegen den »Waschlappen«.

Dimitri hatte gut gezielt. Die schwächste Stelle hatte er erwischt.

Wassili fasste sich an den Kopf. Seine Gedanken überschlugen sich.

»Ich bin kein Waschlappen.«

»Wem sagst du das? Du glaubst es ja selbst nicht.«

Dimitri triumphierte.

Der Kleine gab den Kampf auf. Er setzte sich auf die Bank und trocknete seine Hände mit dem Taschentuch.

»Also gut. Wann steigt die Sache?«

Dimitri schaltete sofort.

»Am Sonntag nach dem zweiten Gottesdienst.«

»Und wo treffen wir uns?«

»Auf dem Friedhof neben der Kathedrale! Hinter dem Eingang auf der rechten Seite befindet sich ein Grab mit einem senkrecht aufgestellten Flugzeugpropeller.«

»Woher weißt du das?«

Dimitri zog ein wenig am unteren Augenlid.

»Holzauge. Gestern war Ortsbesichtigung.«

Wassili war sprachlos.

»Du wartest dort auf mich. Alles klar?«

Der Kleine nickte nur.

Um zehn Minuten vor elf stand Wassili vor dem Flugzeugpropeller, einem Soldatengrab aus dem letzten Weltkrieg. Er hatte die Nacht schlecht geschlafen. Eine unbeschreibliche Aufregung hatte sich seiner bemächtigt.

Dimitri war noch nicht da.

Der Gottesdienst war noch nicht zu Ende. Die Kirchentür war zu, aber der klare Gesang der Christen drang durch ein offenes Fenster auf den Friedhof, der keine dreißig Schritt von der Kathedrale entfernt lag. Die Hauptstraße, der Alexander-Newski-Prospekt, verlief einige Hundert Meter weiter seitwärts.

Kein Mensch war zu sehen, keine Schritte zu hören, kein Geräusch von der Straße, nur das Zwitschern der Vögel in den Büschen zwischen den Gräbern.

Wassilis Großmutter war auch in der Kirche. Sie durfte ihn auf keinen Fall sehen.

Der Chor setzte aus und die singende Stimme des Priesters stimmte die Abschlussliturgie an. In dem Augenblick schlurften Dimitris Füße über den Kiesweg.

Er hatte seine graue gesteppte Jacke an und unter dem Arm eine helle Pappschachtel. Ohne nach rechts oder links zu schauen, schritt er geradewegs auf das Friedhofstor zu, bog nach rechts ab und stand vor Wassili.

Nachdem er seinen Pappkarton auf die Erde gesetzt und seinen Freund begrüßt hatte, sagte er: »Mensch, du zitterst ja!«

Wassili trumpfte auf: »Keine Spur! Du träumst wohl.«

So ganz unrecht hatte Dimitri allerdings nicht. Doch Wassili wollte sich keine Blöße geben. Er hatte A gesagt und würde auf Biegen und Brechen B sagen.

Dimitri packte seinen Karton.

»Wir stehen hier unglücklich. Es fehlen Sträucher. Besser, wir gehen weiter nach hinten.«

Die üppigen Rhododendronbüsche verdeckten die beiden ganz. Wenn sie sich auf die Zehenspitzen stellten, hatten sie freien Blick auf die Kathedrale.

Endlich öffnete sich die Tür und die Menschen strömten heraus. Viele Alte in dunklen Kleidern und mit dunklen Kopftüchern. Die meisten entfernten sich gleich. Andere verweilten noch etwas, sprachen aufeinander ein, lachten, tuschelten und tauschten Neuigkeiten aus.

Die Sonne rückte am Himmel höher. Wassili wurde es heiß. Dimitri hatte schon seinen Pappkarton ergriffen, um mit Wassili auf die Kathedrale zuzusteuern, als im Eingang ein Pope mit einem alten Mütterchen erschien. Die Frau sprach leidenschaftlich und gestikulierte mit den Händen. Schließlich küsste die Alte dem Popen die Hand, bekreuzigte sich und verschwand auf dem Kiesweg.

Der Pope schloss hinter sich die Tür.

Dimitri zeigte auf ein geöffnetes Fenster auf der linken Seite der Kathedrale. Leichter weißer Rauch strömte heraus, den der Wind augenblicklich unsichtbar machte.

»Weihrauch«, flüsterte Wassili.

Dimitri stieß seinen Kumpan an. Zaghaft setzten sie sich in Marsch. Wassili bemerkte, dass auch sein Freund einiges von seiner Überheblichkeit eingebüßt hatte.

Vor der Kirchentür sahen sie sich noch einmal wortlos an. Wassili schlug das Herz bis zum Hals. Seine Hände waren klitschnass.

Dimitri öffnete und der Kleine blieb ihm dicht auf den Fersen. In der Kirche war es dunkel. Nur vereinzelt brannten kleine, dünne Kerzen, die Gläubige geopfert und angezündet hatten. Wassili zog einige Male hörbar die weihrauchgeschwängerte Luft ein.

Totenstille in der Kirche, nur rechts und links das Flackern der Kerzen.

Dimitri ging, ohne dass er es wollte, auf Zehenspitzen. Tatsächlich schien kein Mensch mehr in der Kirche zu sein. In der Mitte blieben sie plötzlich wie angewurzelt stehen. Etwas huschte an ihnen vorbei. Dimitri erschrak so, dass er fast seinen Karton fallen gelassen hätte. Atemlos standen sie eine Weile und lauschten. Der hohe, dunkle Raum blieb still. Die Vorhänge der Beichtstühle waren zugezogen. Nur hinter die dicken Säulen konnten sie nicht schauen. Keiner von beiden wagte, ein Wort zu sagen.

Verständnislos schauten sie sich an und suchten mit ihren Augen nach allen Seiten das Kirchenschiff ab.

Dimitri bemerkte an den Wänden die vielen Ikonen, große und kleine. Im Augenblick machte ihm allerdings mehr das rätselhafte Geräusch zu schaffen.

Beide waren noch so gelähmt, dass sie keinen weiteren Schritt riskierten.

Wassili ließ seine Blicke auch hoch in den Gewölben

umherstreifen, über die bunten Glasfenster und die vielgliedrigen Leuchter in der Mitte und den Seitenschiffen. Auf einem der Leuchtarme entdeckte er einen Vogel. Der schüttelte sein Gefieder, pickte zwischen den Federn, hob ab und flog durch das Rund der hohen Kuppel.

Dimitri war längst Wassilis Blicken gefolgt und schüttelte ärgerlich seinen Kopf.

»So ein Biest«, zischte er und setzte sich wieder in Bewegung. Vor der Hauptsäule mitten im Kirchenschiff blieb er stehen.

Wassili trat neben ihn. Er zwinkerte einmal mit den Augen und zeigte auf die Säule. Sein Freund streckte drei Finger in die Höhe.

»Es lohnt sich«, flüsterte er.

Im schwachen Kerzenschein entdeckten sie tatsächlich drei Ikonen. Auf der Seite zum Altar hin befand sich ein abgeschrägter steinerner Absatz, auf dem eine Ikone unter Glas lag. In Schalen rechts und links ließen heruntergebrannte Kerzenstummel ein fahles Licht auf die dunklen Gestalten fallen. Der Goldgrund des Bildes warf den Schein zurück, die Muttergottes mit dem Jesuskind zeichnete sich deutlich ab.

Das Glas war in der Mitte verschmiert. Im Kerzenschein sah es aus, als hätte jemand mit fettigen Fingern darauf gespielt. In Wirklichkeit war es während des Gottesdienstes von vielen Besuchern geküsst worden.

Einen Augenblick stand Dimitri davor und überlegte.

Dann stellte er seinen Pappkarton lautlos auf die Erde und versuchte mit den Händen die Glasplatte hochzuheben. Er klappte den Verschluss auf und konnte mühelos mit der anderen Hand den Glasrahmen nach oben drücken.

Er versuchte, die Ikone zu verschieben.

Dimitri sah sich lächelnd um. Es gelang.

In Wassilis Gesicht zuckte es. Nur mühsam bezwang er seinen Atem. Eine panische Angst lähmte alle seine Glieder. Bis zu diesem Augenblick hätten sie sich als harmlose Besucher ausgeben können.

Und dann ging alles sehr rasch.

Dimitri bückte sich, öffnete vorsichtig die Schachtel, legte beide Teile nebeneinander und holte mit einem Griff die Ikone aus dem Kasten. Sorgfältig deckte er den Glasrahmen wieder zu, schob den Riegel vor und legte das Bild in den Karton.

Im Nu hatte er den Deckel darübergeklappt, die Schachtel unter den Arm geklemmt und Wassili das Zeichen zum Aufbruch gegeben. Schnell durchschritten beide das Kirchenschiff.

Wassili rannte vorweg und öffnete die Tür. Er stand schon auf dem Kiesweg, als Dimitri noch vor der Kirchentür sich mit dem Paket zu schaffen machte.

Die Sonne blendete. Und kein Mensch zu sehen.

Dimitri grinste und räusperte sich wie ein Alter.

»Schade, dass ich keinen größeren Karton mitgenommen habe. Es war ein Abwaschen.«

Wassili hörte nicht zu, er war mit sich beschäftigt.

An der Hose trocknete er seine schweißnassen Hände ab. Dimitri kam langsam näher. Er hatte eine unvorstellbare Ruhe. Bewundernswert.

»Ein friedlicher Sonntag, findest du nicht auch?«

Dabei schlug er dem Kleinen mit der freien Hand auf die Schulter. Mit voller Wucht und lachte aus vollem Halse.

Die Frauen der Gemeinde, die sich freiwillig für die Säuberung der Kathedrale gemeldet hatten, traten gegen neun Uhr am Montag mit Besen, Tüchern und Eimern an.

Sie machten einen Knicks, verbeugten sich tief, schlugen das Kreuz und begannen mit der Arbeit. Die Fenster wurden geöffnet, die Kerzenstummel aus den Haltern entfernt, abgetropfter Wachs mit einem Messer vom Boden gekratzt und die bunten Bodenplatten und Mosaike gefegt.

Eine versuchte, die kleinen Seitenfenster zu öffnen, die dicht unter der Decke angebracht waren. Sie zog an langen Drähten, die die Fensterflügel aufklappen ließen. Dann scheuchten alle drei mit Besen den Vogel, der sich in der Kuppel auf einem Gestänge niedergelassen hatte. Sie fauchten und gaben die schrecklichsten Laute von sich, um das Tier hinauszuscheuchen. Immer wieder schwirrte der Vogel im Kreis, piepste furchtsam und flog beharrlich an den geöffneten Fenstern vorbei. Die Frauen gaben nicht auf, warfen Tücher in die Höhe und kamen ganz außer Atem. Schon häufig waren Vögel durch Schlupflöcher in die Kathedrale gekommen und hatten später den Rückweg nicht mehr gefunden. Die Frauen hatten wiederholt den Priester gebeten, die fliegenden Störenfriede mit einem Luftgewehr abzuschießen. Doch der hatte mitleidig den Kopf geschüttelt und auf Franz von Assisi hingewiesen, der alle Tiere in sein Gebet eingeschlossen und sogar den Vögeln unter dem Himmel gepredigt hatte.

Fast immer war es den Frauen gelungen, die kleinen Eindringlinge hinauszutreiben, nur heute hatten sie kein Glück. Das dumme Geschöpf flog wie verbohrt an den Öffnungen vorbei.

Plötzlich schrie eine der Frauen auf, als sie sich an dem Ikonenkasten gegenüber dem Altar zu schaffen machte. Sie zündete eine Kerze an, weil sie ihren Augen nicht traute. Der Kasten war tatsächlich leer.

Schnell rief sie die beiden anderen herbei. Alle drei reckten ihre Hälse vor und sahen die Bescherung.

»Gestern war sie noch drin.«

»Aber warum regt ihr euch auf, die Heilige Muttergottes stiehlt keiner«, sagte eine.

Alle drei bekreuzigten sich und schoben den Gedanken weit von sich.

»Wahrscheinlich hat sie der Priester.«

»Möglich – oder auch nicht.« Eine entzündete neues Misstrauen.

»Wir müssen den Priester unterrichten«, sagte sie und zog die anderen mit.

Sie ließen ihre Besen stehen, wischten sich die Hände an den dunklen Schürzen ab und liefen über den Kirchplatz ins Haus des Priesters. Der hörte am Fenster ihre schnellen Schritte und blickte überrascht auf. Im selben Augenblick klopfte es auch schon. Er öffnete.

Die drei verneigten sich, sahen sich verdattert an, wer die Sache vortragen sollte, und redeten alle auf einmal: »Der Kasten ist leer. Die Heilige Muttergottes aus dem Ikonenkasten ist weg.«

Der Priester beugte seinen Kopf vor und zog ein undefinierbares Gesicht. »Die Heilige Mutter Gottes?«

Die Frauen nickten und fuchtelten mit den Händen.

»Sicher haben Sie sie rausgenommen oder der Bischof?«

Der Priester murmelte vor sich hin, aber die Frauen verstanden nicht, was er sagte.

Dann lief er an ihnen vorbei, die Frauen folgten und Augenblicke später standen alle vor der Säule wieder zusammen. Der Priester bekreuzigte sich.

»Vater im Himmel, das ist doch unmöglich!«

Er umkrallte das silberne Kreuz auf seiner Brust und drückte es an sich.

»Ein Verrückter«, sagte er. »Er muss den Verstand verloren haben. Das tut kein normaler Mensch.«

Er schaute die Frauen an, die ihre Köpfe bewegten und ihm stumm beipflichteten.

»Ich werde sofort dem Bischof Meldung machen«, sagte er.

Mit beiden Händen untersuchte er den Kasten, hob den Deckel, ließ ihn zurückfallen und verriegelte das Behältnis wieder.

Im Kuppelgewölbe kreiste wie besessen ein Vogel und schimpfte piepsend vor sich hin.

Mit keinem Blick registrierte der Priester den Vogel, so sehr war er mit der verschwundenen Ikone beschäftigt.

Das Verschwinden der Ikone war eine Sensation. Unter den Geistlichen hatte sich das Ereignis schnell herumgesprochen. Vier Priester standen einen Tag später vor der Säule und diskutierten. Für sie stand fest, dass außer Diebstahl so gut wie jede andere Möglichkeit ausschied. Jedes Für und Wider hatten sie erörtert. Nur war ihnen nicht ganz klar, was mit solchem Gegenstand anzufangen sein sollte.

Zu Hause aufhängen? Nein. Wer hing sich außer den Frommen schon so eine Ikone auf?

Ihre ängstlichen und zugleich fürsorglichen Blicke konzentrierten sich auf die verbliebenen Kunstwerke.

»Wir müssen damit rechnen, dass der Dieb wiederkommt und eine zweite entwendet«, gab einer zu bedenken.

Zwei waren nicht der Meinung.

»Das hätte der Schuft einfacher haben können. Warum sollte er öfter kommen?«

In ihrer Fantasie malten sie sich aus, dass es ein ganz ausgekochter Bursche sein müsse.

Die Argumente für einen weiteren Diebstahl vermehrten sich zusehends. Schließlich konnte sich keiner den Gründen verschließen.

Im Grunde machte ihnen das Detektivspielen Spaß. Es war eine willkommene Abwechslung.

Sie zogen sich zur Beratung ins Pfarrhaus zurück und kamen auf die ausgefallensten Ideen. Acht Tage lang wollten sie sich mit Wachen ablösen und in der Sakristei ein Bett aufstellen. Sie nahmen schließlich davon Abstand. Der Dieb würde sicherlich eine geraume Zeit verstreichen lassen, bevor er sich die nächste Beute holte.

Auf alle Fälle gedachten sie den Unhold – falls sie ihn denn erwischen sollten – gehörig zwischen die Fäuste zu nehmen, die sie bei dieser lauten Überlegung voreinander ballten, um ihren Umfang wohlwollend zu betrachten. Kamen doch alle vier aus alten Bauernfamilien, wo sie harte Arbeit gewöhnt gewesen waren, bevor sie aufs Priesterseminar in Sagorsk gekommen waren.

Die beste Idee hatte der Theologe unter ihnen. Er schrieb für Zeitschriften und verfasste Fachbücher und galt allgemein als der Theoretiker. Mehr als abstrakte Formulierungen hatten sie ihm nicht zugetraut. Ausgerechnet der brachte einen brauchbaren Plan.

Zu dem Zweck nahmen sie eine zweite Ortsbesichtigung in der Kathedrale vor. Sie überlegten, welche Ikone als nächste gestohlen werden könnte. Die an den Säulen hingen am niedrigsten und waren ohne Anstrengung von der Erde aus zu erreichen. Aus der Ikonostase ein Bild herauszubrechen wäre weit schwieriger; außerdem hingen diese Bilder höher und waren größer. Zu den Seiten hin befanden sich versilberte, lange Ikonen, die Heilige im Kampf mit Dämonen darstellten; diese Bilder wären aber nicht so ohne Weiteres zu transportieren und zu verstecken.

Anders die Ikone an der Mittelsäule in Richtung Ausgang. Sie war klein und war an einem Draht befestigt, der leicht abgekniffen werden könnte. Zudem hatte sie einen ziemlichen Wert. Es war ja anzunehmen, dass der Dieb sich in der Materie auskannte. Schließlich wollte er etwas mit dem gestohlenen Gut anfangen!

Jeder Kriminalist hätte seine helle Freude an den Ideen gehabt, die sich an dieser Ikone entzündeten.

Kurz entschlossen gingen die vier Leute ans Werk.

Als Erstes hängten sie ein Schild vor den Eingang des Hauptportals: »Wegen Bauarbeiten vorübergehend geschlossen.« Dann konstruierten sie gemeinsam eine einfache, aber gut funktionierende Warnanlage, die bis in die Wohnung des Theologen reichte.

Wenn das Jesuskind auf der Ikone sich hätte bemerkbar machen können, es hätte wahrscheinlich laut gelacht über so viel gut gemeinte Fürsorge.

Als Dimitri und Wassili am Samstag durch den Park des Marsfeldes strolchten, kreisten ihre Pläne um eine zweite Ikone aus der Alexander-Newski-Kathedrale.

Besonders Dimitri trieb zur Eile. Er hatte seinen Grund.

»Du kennst doch meinen Vetter, den Balalaikaspieler, der arbeitet auf dem Reisebüro Intourist. Er hat mir von Besuchern aus England und Skandinavien erzählt, die bei den Küchenfrauen im Hotel Druschba nachgefragt haben, ob die ihnen keine Ikonen beschaffen könnten.«

»Bei den Küchenfrauen?«

»Ganz einfach, die sind am ungefährlichsten«, sagte Dimitri.

»Dein Vetter, spielt der mit?«

»Ich werd mich hüten! Aber für solche Informationen ist er zu gebrauchen.«

Wassili hoffte, das widerwärtige Unternehmen noch hinausschieben zu können.

»Wie lange bleiben denn die Leute noch?«

»Das ist es ja, am Mittwoch fahren sie weiter nach Moskau.«

»Mittwoch«, wiederholte Wassili und starrte gedankenverloren vor sich hin.

Dimitri ließ nicht locker.

»Diesmal musst du ran.«

Wassili schnaufte unbehaglich. Notgedrungen fügte er sich in sein Schicksal. Er hatte sich immer eine Mutprobe gewünscht. Jetzt hatte er sie, und was für eine!

Dimitri war bereits einige Meilen voraus.

»Wichtig sind eine Kneifzange und ein unauffälliger Karton.«

Es wurde ernst. Wassili verstand.

Dimitri lenkte geschickt ab.

»Wir werden uns Fahrräder kaufen, wie sie keiner in unserem Bezirk fährt.«

In seiner Vorstellung hatte er alle Hürden genommen.

Wassili fiel es schwerer, sich die sauer »verdienten« Rubel in seinen Händen vorzustellen. Er war zu ängstlich und zu sehr Pessimist. Aber er lächelte, um sich die Sache selbst schmackhafter zu machen.

Dimitri hatte die Dinge geschickt eingefädelt.

»Sonntag um zehn Minuten vor elf – wie üblich.«

»Vor dem Propellergrab?«

»Der Friedhof liegt günstig. Mach's gut. Bis morgen.« Er stieß dem Kleinen freundschaftlich die Faust in die Seite, kniff spitzbübisch ein Auge zu und ließ ihn stehen.

Das Hauptportal der Kathedrale stand schon offen, als Wassili kurz vor elf Uhr am Sonntag erschien. Der Gottesdienst musste jeden Augenblick beendet sein, der rote Vorhang im Altarraum war bereits zugezogen.

Dimitri winkte ihm, er war inzwischen auf den hinteren Teil des Friedhofes gegangen, um nicht von Bekannten gesehen zu werden. Wassili lüftete seine Kappe, die ihm zu eng wurde. Die Kopfhaut juckte, die Angst trieb ihm ein Prickeln in die Haarwurzeln.

Es ging heute alles so schnell. Im Nu waren die Leute verschwunden und er stand mit Dimitri allein zwischen den Gräbern. Ihm kamen merkwürdige Gedanken, als er die frischen Blumen auf einigen Grabstellen entdeckte. Er setzte seine Kappe wieder auf und wartete noch ein Weilchen, bis das Portal geschlossen wurde.

Beide hatten noch kein Wort gewechselt.

Dimitri tippte ihn an und er ging mechanisch mit. Sein linker Arm presste den Karton an seinen Körper. Es war, als müsste er sich an ihm festhalten. Die Jackentasche zog nach unten, weil er eine große Kneifzange darin versteckt hielt. Dimitri öffnete ihm bereitwillig die Tür, blieb aber draußen stehen und ließ Wassili passieren.

Ängstlich schaute sich Wassili um.

»Willst du nicht mit rein?«

Dimitri schüttelte den Kopf.

»Es ist besser, ich warte draußen und pfeife, wenn jemand kommt.«

»Den Anfang des Wolgaliedes.«

Dimitri stieß ihn förmlich hinein.

Die Tür ging hinter ihm zu. Und die Dunkelheit hüllte ihn ein. Wassili verneigte und bekreuzigte sich automatisch, wie er es als Kind gelernt hatte, und schritt zaghaft nach vorn. Die Luft war verbraucht, es roch stark nach Weihrauch und unzählige Kerzen brannten lautlos vor sich hin.

Die Sonne schob ihre Strahlen schnurgerade durch das Deckenfenster. Weihrauchwolken brachten Bewegung in die hellen Streifen. Sonst rührte und bewegte sich nichts.

Vor der Hauptsäule im Vorderteil des Kirchenschiffes blieb er stehen. Ohne den Kopf zu bewegen, horchte er nach rechts und nach links, versuchte die dunklen Ecken mit seinen Augen zu durchdringen und fasste mit beiden Händen den Karton.

Leise nahm er die obere Hälfte ab und stellte beide Teile nebeneinander auf die Steinplatten.

Während er die Kneifzange aus der Tasche zog, fielen seine Blicke auf die Ikone. Sie stellte die Auferweckung des Lazarus in Bethanien dar. Jesus stand vor dem geöffneten Grab und bedeutete dem Toten herauszukommen. Im schwachen Kerzenschein leuchtete die Person Jesu, weil Kopf und Heiligenschein mit Gold übermalt waren.

Ein dünner Draht, der sich nach oben verlief, hielt das Bild. Kurz entschlossen setzte er die Zange an und kniff den Draht durch.

Ehe Wassili die Arme bewegen konnte, fiel die Ikone wie ein Stein von der Wand. Er hatte vergessen, das Bild festzuhalten. Gleichzeitig sprang der Draht in die Höhe und verursachte ein schepperndes Geräusch.

Ihm blieb keine Zeit zu überlegen. Mit einem Griff verstaute er die Zange in der Tasche, packte das Bild und warf es in den unteren Teil der Schachtel.

Er entdeckte, dass ein schweres Eisengewicht an das Bild gekettet war. Außerordentlich hinderlich. Mindestens acht bis zehn Pfund schwer. Die Glieder der

Kette waren so stark, dass er mit seiner Zange nichts ausgerichtet hätte.

Er musste den Ballast wohl oder übel mitschleppen.

Dimitri, der an der Kirchentür Schmiere stand, hörte den entsetzlichen Lärm, der wie eine Explosion durch das Kirchenschiff hallte, und raste auf der Stelle los. Ohne kühle Überlegung. Seine Beine gehorchten einem Reflex. Schnurstracks auf den Friedhof los und zwischen die schützenden Büsche bei den Gräbern. Der Kies knirschte unter seinen Stiefeln. In die herabhängenden Zweige einer Trauerweide schob er seine vorgestreckten Arme und verschwand unter der Laubglocke. Erst dann drehte er sich um und peilte durch die schmalen Blätter auf das Hauptportal.

Wassili hatte der Schreck kopflos gemacht. Er drückte den Kartondeckel auf die Ikone mit dem Gewicht und würgte das Paket noch im Herausrennen unter den Arm. Seine Hände waren so zittrig, dass ihm die Schachtel vor dem Portal wegglitt. Er hätte am liebsten alles liegen gelassen. Die Dunkelheit machte es ihm schwer, die Teile zusammenzusuchen.

Er hatte sich eben mit den Siebensachen wieder aufgerichtet, als sich das Portal vorsichtig öffnete.

Das helle Licht von draußen wischte die Dunkelheit weg. Er hatte Dimitri erwartet. Aber der war es nicht, sondern zwei Priester mit dicken Stöcken in den Fäusten. Wassili erkannte sie gleich.

Die Popen mussten sich aber erst an die Dunkelheit gewöhnen. Lauernd stellten sie sich mit erhobenen Stöcken in den Eingang. Sie warteten und gewöhnten ihre Augen an das Dämmerlicht des Gebäudeinnern.

Aber Wassili hatte den richtigen Zeitpunkt schon verpasst. Er stand, als wenn man ihn an den Boden geschraubt hätte. Die Beine wollten nicht vom Fleck. Er gab sich geschlagen.

Die Priester ließen die Knüppel fallen.

Vor ihnen stand ein schmächtiges Jüngelchen mit einem Karton unter dem Arm. Sie musterten ihn misstrauisch und suchten das übrige Kirchenschiff ab. Keine Menschenseele sonst. Die Priester wollten es nicht glauben.

»Gelobt sei Jesus Christus!«, sagte der eine.

Der andere nahm Wassili das Paket aus der Hand.

Er stand da, als wenn die Mutter ihn beim Naschen erwischt hätte. Die Tränen schossen ihm ins Gesicht. Er hätte seine Dummheit verfluchen können. Die unsinnigsten Gedanken schossen kreuz und quer durch sein Gehirn. Das, was auf keinen Fall eintreten sollte, war geschehen. Die beiden standen immer noch sprachlos vor ihm, die Stöcke schlagbereit in der Hand. Er rechnete jeden Augenblick damit, dass sie über ihn herfallen würden.

Einer packte ihn am Arm.

»Komm mit!«, sagte er.

Dimitri hatte sich gerade eine Haarlocke aus dem Gesicht gestrichen und schielte durch die strähnigen Weidenzweige, als er zwei schwarze Gestalten mit langen Gewändern über den Weg laufen sah. Mit gefährlichen Stöcken bewaffnet, öffneten sie leise das Portal und stellten sich breitbeinig in den Eingang. Gerade so, als wenn sie sich einem übermächtigen Feind entgegenstemmen wollten. Augenblicke später verschwanden sie im Dunkel der Kirche. Die Tür blieb offen.

Jetzt noch zu pfeifen wäre zwecklos gewesen. Er wartete, ohne seine Augen vom Eingang zu nehmen. Er hörte nichts und sah nichts. Alles blieb still, draußen und drinnen.

»Die Kiste ist schiefgelaufen«, murmelte er vor sich hin. Während er das Gelände um die Kathedrale weiter im Auge behielt, überlegte er, wie er sich am besten aus der Affäre ziehen könnte.

»Ich muss sofort nach Hause«, sagte er sich. »Die Ikone darf niemand finden.«

Den Friedhofseingang dürfte er nicht benutzen. Jederzeit könnten die Priester zurückkommen.

Wassili war bestimmt den Schwarzen in die Finger gelaufen. Und dann die Stöcke! Mit Grauen dachte er daran, wie sie den Kleinen zurichten würden.

Unvorstellbarerweise blieb es in der Kirche still. Was spielte sich da nur ab?

Er musste sein Versteck verlassen. Am besten über die Friedhofsmauer. Unter Umständen hatten die Popen schon die Polizei benachrichtigt.

Wohnhäuser lagen auf der anderen Seite der Mauer nicht. Nur ein verrotteter Garten mit meterhohem Unkraut, mit Sträuchern und hohen Pappeln.

Dimitri stellte sich auf die Zehenspitzen und äugte über die Mauer. Nur am Weg hinter dem Schuppen einer Holzhandlung machten sich zwei Männer zu schaffen. Sie stapelten Bretter, die sie vermutlich aus dem Sägewerk holten. Alle zwanzig bis dreißig Sekunden tauchten sie auf. Die Maschinen liefen nicht. Es war still.

Dimitri nutzte die Zeit, als sie hinter dem Gebäude verschwunden waren. Er hievte sich an der Mauer hoch, warf erst das eine, dann das andere Bein darüber und sprang ab. Als die Männer wieder mit dem Holz erschienen, duckte er sich ins Gras. Seit Monaten hatte kein Mensch hier eine Sense angesetzt.

Es half nichts, er musste noch einige Male mit dem Kopf auf die Erde.

Unruhig verfolgte er den Zeiger auf seiner Uhr. Wenn die Polizei seine Ikone ...

»Um 11.30 Uhr bekomme ich den Obus am Alexander-Newski-Prospekt. Fünfhundert Meter noch.«

Er stand hinter der letzten Pappel vor dem Schuppen. Offiziell wurde nicht gearbeitet. Nur die beiden Männer schienen hier tätig zu sein.

Mit einigen Sätzen hatte er den Weg erreicht, sein Herz klopfte wie ein Motor. Er schaute sich schnell um, da sah er die Männer aus dem Schuppen kommen. Er gab sich unauffällig, beherrschte sich und steckte beide Hände in die Hosentaschen. Die Takte, die er pfiff, gehörten zu keinem Lied. In der Aufregung kam ihm keine vernünftige Melodie. Die Männer hatten nichts bemerkt. Er konnte beruhigt sein Tempo beschleunigen.

Jeden Augenblick musste der Bus kommen.

An der Haltestelle standen schon viele Menschen.

Unruhig blickte er auf die Kathedrale, von der nur der Turm hinter der Mauer zu sehen war.

Der Bus kam und in banger Erwartung steckte er vier Kopeken in den Schlitz.

Unbehaglich streiften seine Blicke die Fahrgäste. Einige musterten ihn. Ob man ihm etwas ansah?

Aber er hatte in der Aufregung nur vergessen, seinen Fahrschein abzureißen.
In Wassili steckte kein Fünkchen Widerstand. Ohne auch nur den Anflug eines Gedankens zu fliehen ließ er sich willenlos abführen. Mit seinem Ärmel wischte er sich über beide Augen und versuchte sein Schluchzen zu verbergen.

Einer der Priester schloss die Sakristei auf, und zu dritt gingen sie einen schwach beleuchteten Gang entlang, der mit dem Wohnhaus der Geistlichen verbunden war.

Wassili fühlte sich wie ein Gefangener. Vorn ein Bewacher und hinter ihm ebenfalls. Die Stöcke schlugen dumpf auf dem Boden auf.

Im Arbeitszimmer des Theologen stand noch die Tür offen. Hals über Kopf waren sie losgerannt, als der Draht wie eine wütende Schlange an der Wand entlanggesprungen war. Der erste Priester ließ Wassili an sich vorbeigehen, schob ihn in das Zimmer, ließ noch den zweiten Geistlichen eintreten und schloss hinter sich die Tür.

Der Raum lag zum Garten. Der Blick fiel auf lange Reihen von Ölbäumen.

Wassili stand reglos vor einer Holzbank an der Längsseite des Zimmers. Mit weit geöffneten Augen verfolgte er jede Bewegung seiner Bewacher.

Einer der Schwarzen kam auf ihn zu, tippte ihn mit dem Zeigefinger in Höhe des obersten Jackenknopfes an und drückte ihn nach hinten.

Einen Atemzug später knickte Wassili ein.

Der Priester schüttelte seinen Kopf. Über sein Gesicht huschte ein Lächeln.

»Schau dir diesen Knirps an und dann unsere Stöcke.« Er rieb sich die Fäuste. »Wie gern hätte ich mal dazwischengeschlagen.«

Der andere stellte seinen Stock, aus frischem Holz geschnitten, in die Ecke.

»Wie heißt du?«, fragte er. Auch die Priester setzten sich.

»Wassili.«

»Und weiter?«

»Suworow.«

Der Frager machte eine Pause.

»Suworow. Ein guter Name. Das ganze Land kennt Suworow. Allerdings den aus dem vorigen Jahrhundert, den General.«

Wassili wagte nicht, aufzublicken.

»Bald wird dein Name auch überall bekannt sein.«

Ganz ruhig sagte er das.

»Wie bist du nur auf diese teuflische Idee gekommen?«

Wassili musste sich ordentlich Mühe geben, um sprechen zu können. »Ich weiß es nicht.«

»Du hast dir doch was dabei gedacht!«

»Wir wollten ...«

Er hielt augenblicklich inne, hatte aber mit den zwei Worten schon zu viel gesagt.

Die Priester schauten sich an. »Wo hast du denn deinen Kumpan gelassen?«

Wassili hatte sich gänzlich vergaloppiert. Er hob die Schultern.

»Ich weiß es nicht.«

Der Priester atmete einmal tief aus und ein, blieb aber beherrscht.

»Ach, so ist das. Dass Gott dir tüchtig auf die Finger geklopft hat, ist dir völlig egal. Du lügst ihm auch noch frech ins Angesicht.«

»Nein!«

Das war alles, was er herausbrachte. In seinem Kopf ging es drunter und drüber.

»Hast du die andere Ikone auch gestohlen?«

Er schüttelte bestimmt den Kopf. Seine Fingerspitzen zitterten.

»Also dein Kumpan. Jeder eine. Er hat es dir vorgemacht und heute warst du dran. Ist es so?«

Er presste seine Hände an den Körper, um den Priestern seine Angst zu verbergen, und nickte.

Der Priester hob die Ikone hoch, die vor ihm auf dem Tisch gelegen hatte. Die Sonne spiegelte sich in der Gloriole um den Christuskopf.

»Hast du eine Vorstellung, was sie wert ist?«

»Keine Ahnung.«

»Das glaube ich dir ausnahmsweise.«

Der andere Priester schloss für einen Augenblick die Augen und fasste sich an die Stirn.

»Und was hättet ihr verlangt?«

»Mein ... der andere wollte es besorgen.«

Wassili wagte nicht, »mein Freund« zu sagen.

»Hättet ihr mehr als fünfzig Rubel verlangt?«

Der Preis kam Wassili hoch vor und er sagte: »Ich glaube kaum.«

»Da hast du es, ich habe es dir gleich gesagt: Dilettanten, Verbrecher.«

Wassili schaute von einem zum anderen. Er hatte nicht verstanden.

»Die Ikonen sind unbezahlbar. Einige Jahrhunderte alt. Nowgoroder Schule. Aber wem sage ich das!«

Und nach einer Pause: »Stell dir vor, wie viele Tausende schon voller Ehrfurcht die beiden Ikonen geküsst haben! Und du?«

Die Frage bohrte sich wie ein Stachel in Wassilis Gewissen. Wenn sie ihn geschlagen hätten, er hätte die Strafe als Wohltat empfunden.

»Aber du hast sicher noch niemals vor einer Ikone gekniet, oder?«

Er nickte. »Doch, vor einigen Tagen.«

Der Priester schaute ungläubig.

»Gekniet oder gelästert?«

Wassili zog ein undefinierbares Gesicht. Er war sich selbst nicht im Klaren.

»Es war im Zimmer meiner Großmutter, ich hatte geflucht.«

»Aha, du hattest geflucht und um Vergebung gebeten – jedenfalls hast du so getan – und einige Tage später ...«

Der Priester brach im Satz ab, nickte vielsagend und deutete mit der Hand den Diebstahl an.

»Kannst du dir vorstellen, dass sich Gott von einem Knirps wie dir an der Nase herumführen lässt? Sag, kannst du dir das vorstellen?«

»Ich weiß nicht.«

»Du weißt nichts, aber bist zu der gemeinsten Sünde fähig.« Der Priester schaute Wassili lange an.

»Deinen Kumpan willst du nicht verraten, oder?«

Wassili zog die Stirn kraus und überlegte.

»Du schweigst. Deinen Vater im Himmel verrätst

du, ohne mit der Wimper zu zucken, aber deinen Freund, deinen sogenannten ...«

Aus Wassili brach es heraus: »Ich wollte endlich einmal zeigen, dass ich ein Kerl bin, der keine Angst hat, vor nichts!«

Der Priester richtete sich verwundert auf.

»Vor nichts?«

»Er hat mich eingewickelt und ich habe mitgemacht.«

Der Priester, der bisher geschwiegen hatte, stellte sich vor Wassili, krempelte seine Ärmel auf, ballte demonstrativ seine rechte Faust und stieß mit einem wuchtigen Schlag am Kopf des Jungen vorbei.

Der Kleine riss seine Hände hoch und warf blitzschnell den Kopf auf die Seite.

Der Priester lächelte und ließ beide Arme wieder sinken.

»Nein, wir werden dich nicht zusammenschlagen, obschon du's verdient hättest.«

Wassili nahm die Hände wieder herunter.

»Auch der Polizei werden wir dich nicht übergeben. Sie würden kurzen Prozess mit dir machen. Oder hast du eine Sekunde daran gezweifelt?«

Der Junge schüttelte den Kopf.

»Dein Leben wäre verpfuscht, deine Schule, dein Beruf, alles!«

Der das zu ihm gesagt hatte, ging um den Tisch herum, stellte sich vor Wassili und fasste das Kinn des Jungen.

»Dafür sind wir nicht da. Wir geben dir eine Chance, mit Gott wieder ins Reine zu kommen.«

Der Priester blickte dabei den anderen Geistlichen an und vergewisserte sich, ob der mit seinem Vorschlag einverstanden sei.

»Bis morgen um diese Zeit ist die zweite Ikone wieder hier und kein Mensch erfährt etwas. Ich sagte, kein Mensch ...«

Der Priester spürte, wie die Kinnspitze des Jungen zitterte.

»Und noch eins – als kleiner Denkzettel: Ein Jahr lang singst du von jetzt an im Chor mit, in der Kathedrale. Einverstanden?«

Wassili hinkte mit seinen Gedanken hinterher. Er stellte sich eben die Katastrophe seines Lebens vor und seinen Fall in den Händen der Polizei.

»Einverstanden?«, wiederholte der Priester.

Die Frage war wie ein Blitz aus heiterem Himmel über ihm eingeschlagen. Jede Überlegung schien sinnlos.

Er nickte und wusste gar nicht, auf was er sich einließ. Und doch spürte er instinktiv in seinem Kopf und in seinem Herzen eine Erleichterung. In seinen Augen erstrahlte der erste Hoffnungsschimmer. Er begann zu begreifen.

»Zweimal in der Woche proben wir«, sagte der Priester. Ein unerwartetes Angebot.

»Und sie sagen meinen Eltern und der Schulleitung nichts?«

Die Priester schüttelten die Köpfe.

»Morgen«, sagte Wassili, »morgen um diese Zeit ist die Ikone wieder da. Ich verspreche es.«

Wassili lief den ganzen Nachmittag am Fontanka-Kanal entlang und suchte seinen Freund.

Swetlana, die mit Dimitri im selben Haus wohnte, hatte ihn weggehen sehen.

Der war mit dem Bild längst verschwunden. Als er nach Hause gekommen war, hatte er sofort sein Paket unter den Arm gesteckt und war damit losgezogen. Seine Mutter wusste nicht, wohin, und seine Schwester auch nicht. Keiner ahnte etwas.

Wassili irrte auf dem Marsfeld umher. Nirgendwo fand er eine Spur von seinem Freund. Er war fest entschlossen, das Bild zurückzuholen. Dimitri würde Augen machen.

Er gab die Suche bald auf und legte sich vor Dimitris Haus auf die Lauer. Der kam erst bei Anbruch der Dunkelheit heim.

Er schaute den Kleinen verächtlich an.

»Du bist eine ausgemachte Flasche«, sagte er als Erstes. »Jetzt hängen wir richtig drin. Wo kommst du überhaupt her?«

»Von den Priestern.«

»Wie kann man sich von solchen Himmelskomikern einseifen lassen?« Wassili war richtig böse.

»Du hast keine Ahnung. Mit dem Bild war eine Warnanlage verbunden. Als ich den Draht durchgekniffen hatte, wusste der Priester schon, was die Uhr geschlagen hatte. Und dann die Knüppel! Meinst du, die waren aus Schokolade?!«

Er war geladen und setzte noch einmal bissig nach. »Außerdem hättest du mich ja befreien können, wenn die Himmelskomiker solche Armleuchter sind. Aber dazu warst du zu feige.«

Er wunderte sich über sich selbst.

Dimitri kam wütend näher.

»Halt die Luft an, Kleiner. Hör mal zu ...«

»Ich denke nicht daran. Du bist feige abgehauen und hast mich sitzen lassen.«

»Und jetzt?«

»Und jetzt? Jetzt sitzen wir drin bis über die Haarspitzen«, sagte Wassili.

»Haha, und du läufst frei herum«, warf Dimitri trocken ein. »Mir schmeckt die Geschichte nicht. Die haben dich umgepolt, was?«

Wassili ließ die Katze aus dem Sack. »Bis morgen muss ich die Ikone zurückbringen, sonst haben wir die Polizei am Hals.«

»Hast du meinen Namen genannt?«

»Nein.«

»Du lügst.«

»Warum sollte ich? Sie haben nicht danach gefragt.«

»Und weiter?«

»Ich brauche sofort deine Ikone.«

»Sieh mal an, klingt himmlisch. Und was ist dann?«

»Dann sind wir frei«, sagte Wassili zutiefst überzeugt.

Dimitri beugte sich zu dem Kleinen hinunter.

»Die haben dich ganz schön beweihräuchert. Die haben ihre Ikonen wieder und wir sitzen, bis uns die Schwarte kracht. Mit mir nicht.«

»Sei vernünftig, das ist der einzige Weg, oder willst du dich morgen in der Prawda als Schweinehund von Leningrad wiederfinden?«

Dimitri traute dem Braten immer noch nicht.

»Auf alle Fälle bleibt mein Name aus dem Spiel oder ich breche dir deine Knochen einzeln.«

Wassili ließ sich nicht beeindrucken.

»Sag schon, wo sie ist. Ich hole sie.«

Es war dunkel geworden. Sie konnten ihre Gesichter so eben ausmachen.

Dimitri flüsterte, weil sich Schritte näherten. »In einem Gerätekasten neben dem Denkmal. Das Schloss habe ich aufgebrochen. Du brauchst den Bügel nur zu lösen.«

»Es hilft nichts, morgen wird die Schule geschwänzt und die Sache erledigt. Mach's gut.«

Dimitri fluchte wie ein Kolchosbauer. »Die ganze Aufregung umsonst. Ich werde noch mal mit einem Kopfarbeiter gemeinsame Sache machen. Pustekuchen!«

Wassili war schon in der Dunkelheit untergetaucht.

Wassili schlief schlecht die Nacht. Albträume rissen ihn einige Male aus den Decken. Er saß in einer einsamen Zelle, umgeben von dicken Mauern, zusammengeschrumpft auf die Größe eines Hundes. Die Wärter stapften mit ihren langen Stiefeln vor ihm auf und ab und schlugen mit einer Lederpeitsche jedes Mal auf ihn ein. Er winselte, aber sie beachteten ihn gar nicht. Die Sonne drang gleichsam nur mit einem kleinen Finger in das Loch. Die kalten und feuchten Wände ließen ihn zittern.

Am Morgen war er zerschlagen. Mit Schrecken dachte er an die Schule und an die Ikone. Woher eine plausible Entschuldigung nehmen?

Und das Bild musste zurück, koste es, was es wolle.

Geistesabwesend stand er vor dem Waschbecken, seifte sich ab, schlang anschließend wortlos die Brotscheiben in sich hinein und drückte sich an seiner Mutter vorbei.

Die Ikone lag im angegebenen Versteck. Er kannte

die Kiste. Sie hatten einige Male draufgesessen und die Beine baumeln lassen. Der Park war leer. Nachmittags hätte er schwerlich unbeobachtet den Schatz aus der Kiste herausbugsiert.

Er opferte einige Kopeken und fuhr mit dem Obus zum Alexander-Newski-Prospekt.

Unheilvolle Gedanken rannten ihm voraus: »Werden die Priester dichthalten? Vor allen Dingen: Werden sie zu ihrem Wort stehen?«

Er traute der Kirche nicht. Die Erwachsenen und die Lehrer hatten zu viel Schlechtes erzählt.

Im Wohnhaus hinter der Kathedrale öffnete der Priester selbst. Er streckte ihm sogar die Hand entgegen.

Drinnen öffnete er den Karton, bekreuzigte sich und nahm die Ikone an sich. Sein Gesicht veränderte sich, als er die Muttergottes mit dem Kind wieder in Händen hielt. Er küsste das Bild und legte es behutsam auf den Tisch zurück.

Wassili stand gespannt neben dem Tisch. Seine Muskeln begannen sich zu verkrampfen. Er wartete darauf, was der Priester sagen würde.

»Wir haben dir eine Chance gegeben, Wassili«, sagte er endlich. »Du kannst völlig frei entscheiden. Aber überleg es dir gut, der Himmel ist mehr als Sonne, Mond und Sterne, ist mehr, als was dir die Schule vermittelt hat.«

Der Geistliche machte eine Pause. »Wir sprachen gestern vom Chor. Montags und freitags.«

Er sah ihn scharf an. Dann schlug das Kreuzeszeichen und sagte zum Abschied: »Gott segne deine Entscheidung.«

Wassili stand da wie ein begossener Pudel. Seine Arme hingen wie Blei an ihm herunter. Sein Mund konnte kein Wort formulieren.

Aber mit dem Kopf hatte er alles verstanden – und mit dem Herzen. Das Ganze hatte keine zehn Minuten gedauert.

Er fühlte die Schultasche in seinen Händen.

Was würden die Kameraden sagen? Und seine Eltern, seine Freunde und die Lehrer?

Die Schule könnte ihm erhebliche Schwierigkeiten machen. Sie würden ihn für einen Außenseiter halten, für einen Reaktionär und für einen Dummkopf.

Wer ging schon zum Kirchenchor? Und wer zum Gottesdienst – Sonntag für Sonntag?

Von Dimitri ganz zu schweigen. Der würde ihn für verrückt erklären.

Er verlangsamte seine Schritte.

Der Vater würde mit der Faust auf den Tisch schlagen und die Mutter den Kopf schütteln.

Nur seine Großmutter würde ihn umarmen. Ganz sicher.

Er blieb stehen. Rechts und links die hohen Backsteinmauern der Umfriedung. Eindeutig sah er die Situation vor sich wie eine aufgeschlagene Landkarte.

Er musste nicht. Niemand wollte ihn zwingen. Ausdrücklich nicht. Auch die Priester nicht.

Niemand?

Die Ikonen würden schweigen und die Kathedrale. Die Priester würden schweigen und Dimitri und er selber auch – ein Leben lang. Nur der Himmel nicht, der Himmel würde nicht schweigen.

Das war keine ängstliche Meinung. Das sagte ihm nicht sein Gefühl, nicht ein sicherer Instinkt. Das wurde ihm zur Gewissheit.

Und wenn er nicht ein Leben lang vor sich selbst ausspucken wollte, musste er handeln – wie ein ganzer Kerl.

Gottes Augapfel

Seine Frau war verreist und er musste selbst mit Nadel und Zwirn seinen Knopf an den Mantel nähen.

Ich machte mich ein bisschen über ihn lustig.

»Das ist der erste Knopf, den ich seit 1944 wieder selbst annähe«, sagte er. »Ich habe eine schlechte Erinnerung an damals«, und er erzählte mir die folgende Begebenheit:

»Ich wuchs im Dritten Reich auf, von Gott war nur spärlich die Rede. Im Radio nicht, bei der Hitlerjugend nicht und auch bei den Erwachsenen nicht.

Ganze vierzehn Jahre war ich alt und begeistert. Es ging alles so zackig, so gewaltig und so bewegend zu.

Was über die Juden gesagt und geschrieben wurde, leuchtete mir ein. Sie waren keine Deutschen, keine Arier. Sie hatten einen falschen Glauben und machten falsche Geschäfte. Aber davon allein waren sie nicht schmutzig geworden. Das Übel saß tiefer. Es saß im Blut, im Wesen, im Charakter. Und da saß es falsch. Total falsch. Das Wort ›total‹ spielte in der damaligen Zeit eine große Rolle. Mir leuchtete das ein, weil ich jung war und die Jugend keine faulen Kompromisse liebt.

Eineinhalb Jahre später wurde ich Luftwaffenhelfer und man drückte mir ein dickes Buch in die Hand, ein viel gelesenes und zitiertes Buch von über 700 Seiten, wenn ich mich recht erinnere. Es hieß ›Mein Kampf‹, und es standen ungemein kraftvolle Worte darin, die ich mir rot und blau anstrich. Das war eine Sprache, die wir Jungen liebten – kernig und radikal. Ebenso die Lieder, die wir sangen – sie waren kraftvoll und wir haben mit unseren Stimmen nicht gespart:

›... krumme Juden ziehn dahin, daher, sie ziehn durchs Rote Meer; die Wellen schlagen zu, die Welt hat Ruh.‹

Ich bin oft auf die andere Straßenseite gegangen, wenn ich einem Juden begegnete, denn mein Führer hatte mir gesagt, dass er stinke, und das auch seitenweise in seinem dicken Buch belegt. Dem Führer sei oft übel geworden, wenn er den schmierigen ›Kaftanträgern‹ begegnet sei. In mir lebte eine solche Abneigung, dass ich die frische Luft auf der anderen Straßenseite bei Weitem vorzog.

Aber dann sah ich keine Juden mehr. Die braunen Wellen hatten sie verschlungen. Das Rote Meer hatte sich als die Hölle entpuppt. Das alles erfuhr ich viel später. Viel zu spät.

Damals trug ich stolz meine blaue Uniform als Luftwaffenhelfer und blickte herablassend auf den jungen gefangenen Polen in Deutschland herab, der mutig seinen Kopf schüttelte. Ich hätte ihn auf der Stelle verhaften können, aber ich war zu stolz, um mir an wehrlosen Menschen die Hände schmutzig zu machen.

Er sah mich fest an.

Heute weiß ich, dass er mich nicht hasste. Heute weiß ich, dass er Mitleid mit mir hatte, dass ich ihm leidtat mit meinen fünfzehn Jahren.

›Ihr werdet Krieg verlieren‹, sagte er in seinem gebrochenen Deutsch.

Ich steckte meine Daumen hinter die Knöpfe der aufgesetzten Taschen der Uniform. Überlegen vom Scheitel bis zur Sohle. Ein Soldat, das heißt, ein ganzer war ich noch nicht, aber jedenfalls ein Angehöriger der ersten Nation der Welt.

Ich lächelte.

›Das erzählen dir deine Landsleute, weil sie die Hosen voll haben und die Schuhe verloren haben, als die Deutschen ein bisschen mit dem Degen gerasselt haben.‹

Er blieb ruhig und sicher. Sein Lächeln irritierte mich.

›Ihr habt Krieg schon jetzt verloren‹, sagte er weiter.

›Woher willst du das wissen?‹, fragte ich. Wenn er nicht diese Gewissheit zum Ausdruck gebracht hätte, wäre mir die Frage niemals gekommen.

›Ich weiß, warum!‹

›Na, dann raus mit der Sprache!‹

›Du kennst Bibel? Und kennst Gott?‹, fragte er mich mit großen Augen.

Ich wusste von Gott nur, dass es ihn nicht gab, dass das Wort ein Substantiv war und aus vier Buchstaben bestand.

›Gott hat gesagt, wer mein Volk anpackt, der packt meinen Augapfel an. Und das sehr gefährlich, das.‹

Warum ich nicht laut loslachte, weiß ich nicht mehr. Etwas Unbestimmtes hielt mich davon ab.

Jedenfalls sagte ich sinngemäß: ›Das ist doch kein Beweis, das steht in dem komischen Buch, das nur Leute lesen, die geistig hoffnungslos benachteiligt sind. Außerdem hat es ein Jude geschrieben.‹

Das schien mir auf alle Fälle der schlagendste Gegenbeweis zu sein.

›Und Juden sind von Gott ganz besonders auserwählt. Sind Gottes Augapfel. Und Deutschland schlägt Juden kaputt. Viele Juden, wie große Städte so viel, einatmen giftiges Gas und sterben.‹

›Du lügst‹, sagte ich und wurde wütend.

Er schüttelte seinen Kopf und sah mich wortlos an. In seinen Augen kamen Tränen zum Vorschein.

Ich wandte mich ungläubig ab.

Ich hasste das Weiche und Rührselige, ich wollte hart sein, hart wie Kruppstahl.

›Wo denn Juden heute?‹, fragte er und ich konnte zum ersten Mal seinen großen, ehrlichen Augen nicht begegnen. Ich wusste es nicht, schwieg und presste verbissen meine Lippen aufeinander.

Ohne Gruß ließ ich ihn stehen und ging meines Weges.

1944 war ich in Oberschlesien bei der Flak. In der Nähe von Heydebreck und Blechhammer. Es soll die stärkste Flakzusammenballung während des Krieges in Europa gewesen sein.

In den riesigen Treibstoffwerken arbeiteten auch Juden in gestreiften Anzügen und mit dem gelben Stern auf der Brust.

Eines Tages mussten wir Geräte dort abholen und kamen dicht an den Juden vorbei. Sie sahen uns nicht an. Ihre Blicke gingen durch uns hindurch.

Ich schnupperte wie ein Hund, um bestätigt zu finden, was ich in dem dicken Buch an vielen Stellen gelesen hatte. Die Juden standen direkt neben mir und ich war nicht erkältet. Gesicht und Hals waren sauber, nur die Hände von der Arbeit schmutzig.

›Sie riechen nicht‹, ging es mir durch den Kopf.

Ein Wachsoldat wurde auf mich aufmerksam und sah mich eigenartig an.

›Das Werk hat selber einen intensiven Geruch. Aber näher darf ich an die Gefangenen nicht heran‹, sagte ich mir. Ich stand und grübelte. Mir blieb nur die eine Gewissheit: ›Der Führer hat es gesagt.‹

Ich glaubte an ihn und ging trotzdem auf den Abort, wo die unabgeschlossenen Spinde der Juden mit ihren Mänteln und Taschen standen.

Warum? Ich weiß es heute nicht mehr. Es war mehr als Neugier. Ich fieberte wie ein Detektiv und verschloss für eine Weile den Toilettenraum.

Meine Kameraden riefen meinen Namen und suchten mich. Aber ihre Stimmen waren ein gutes Stück von den Häusern entfernt.

Vorsichtig brachte ich meine Nase in die Nähe der Mäntel. Sie waren zerrissen und abgetragen – aber sie waren ohne Geruch.

Ich war wie benommen und überhörte völlig die Schritte, die sich näherten. Plötzlich rüttelte jemand an der Tür. Der Schreck fuhr mir in die Glieder. Der Mann murmelte etwas vor sich hin. Er gehörte wahrscheinlich zum Wachkommando. Es dauerte eine Weile, bis er ging. Als sich die schweren Stiefel entfernt hatten, schlich ich aus den Aborträumen hinaus. Mir war elend zumute.

Meine Kameraden waren mit dem Fahrzeug bereits abgefahren. Sie hatten mich nicht finden können.

Meine Entdeckung in den Spinden machte mir zu schaffen.

Ich blickte zu den Juden. Es kam mir vor, als ständen die Männer in den gestreiften Anzügen Ewigkeiten von mir entfernt.

Der Aufseher kam einige Schritte näher. Er hatte mich die ganze Zeit nicht aus den Augen gelassen.

›Du bist hier nicht richtig, mein Junge‹, sagte er.

›Wieso?‹

›Du läufst mit einer unvorschriftsmäßigen Uniform herum. Das kann sich ein General erlauben, aber nicht du.‹

Ich hatte den Eindruck, als wenn er etwas anderes sagen wollte. Er kam noch dichter an mich heran und fasste in ein leeres Knopfloch. ›Halb angezogen nennt man das!‹

Ich hatte den Knopf noch in der Hand und nichts gemerkt. In meiner Aufregung vorhin hatte ich ihn abgerissen.

Er beugte seinen Kopf zu mir herunter und flüsterte mir zu: ›Mach, dass du wegkommst. Mit denen da werden wir allein fertig.‹

›Sie sehen jämmerlich aus, diese schmalen Gestalten‹, sagte ich.

Der Wachsoldat räusperte sich und kniff seine Augenlider zusammen. ›Es dauert nicht mehr lange, dann ist dir der Anblick ein für allemal erspart.‹

Jeder Gefangene hatte das Gesagte verstanden. Selbst die Sträflinge, die sich zwanzig Schritt abseits befanden, hielten einen Augenblick inne. Die Worte wirkten wie ein elektrischer Schlag.

Und dann blickten sich plötzlich alle an wie auf ein verabredetes Zeichen. Feierlich und ernst nahm der vermutlich Älteste unter ihnen seine Mütze ab und sah gen Himmel. Ohne Zeichen und wortlos nahmen auch die übrigen Männer ihre Mützen ab und taten das Gleiche.

Ihre Augen waren ein einziges Flehen.

Es war, als hielte die Welt einen Augenblick den Atem an. Die Ohnmacht der Mächtigen leuchtete wie ein Blitz auf. Das Ganze dauerte keine fünf Sekunden.

Noch heute sehe ich den Blick der Juden gen Himmel. Er ist mir unvergesslich geblieben.

›Ich blicke auf zu den Bergen, von welchen mir Hilfe kommt.‹

Der gefangene Pole hat recht behalten. Gott lässt seinen Augapfel nicht antasten.«

Mose

Sein richtiger Name lautete natürlich anders. Aber meine Freunde in Dänemark sprachen nur von »Mose«. Wenn ich sie nach Einzelheiten fragte, machten sie eine vage Handbewegung und lächelten. Einen Tag später lernte ich ihn persönlich kennen.

Er hatte einige Dänen und mich als Deutschen zum Essen eingeladen. Seit Jahren war er Ehrenpräsident eines Clubs. Als wir kamen, stand er schon am Tor seines Parks. Es fegte ein kalter Wind über den Abhang. Unten lag sein Haus, eine niedrige moderne Villa. Man hatte einen herrlichen Blick auf die Ostsee. Ein Meeresarm ragte hier ins Land.

Mose war groß und stattlich. Bei seiner Statur hätte ich eher auf Salomo getippt. Überhaupt hatte ich mir einen Juden anders vorgestellt.

Wir hatten Hüte auf, er war ohne Kopfbedeckung. Seine krausen Haare plusterte der Wind auf. Sie waren weiß.

Ich versuchte zu ergründen, warum sie ihn Mose nannten. Und dann kam mir die Erleuchtung. In einer Bilderbibel sah der Führer der Israeliten aus Ägypten ähnlich aus. Allerdings hatte er dort einen wallenden Bart.

Die Begrüßung war kurz und schmerzlos. Fast hätte ich »sachlich« gesagt.

Bis zum Haus waren es noch etwa fünfzig Meter. Schwerfällig ging er voraus. Seine verformte Hüfte hatte ich vorher nicht bemerkt. Außerdem zog er ein Bein nach. Rechts und links sprossten aus dem kahlen Boden Krokusse in allen Farben. Insgeheim beneidete ich ihn um seinen Besitz.

Im Wohnzimmer war eine festliche Tafel gedeckt. Mose wies uns die Plätze an. Er bat mich an seine rechte Seite. Ein junges Mädchen trug die Speisen auf. Mose ließ sich an der Stirnseite des Tisches auf einem besonderen Stuhl nieder. Einen Augenblick zitterten seine Hände, als er sich aufstützte, und die Haut über den Wangenknochen spannte sich weiß. Er konnte die Sitzflächen runterklappen oder sich mit Hilfe eines Mechanismus an der Lehne mit einem Schwung aufrecht stellen.

Während des Essens wanderten meine Augen immer wieder zu den Ölgemälden. Alle Wände waren davon voll. Mir gegenüber hingen Motive aus Berlin: der Kudamm, die Gedächtniskirche, der Funkturm, das Olympiastadion, Seen mit Booten und Vergnügungsdampfern.

Mose ließ Messer und Gabel ruhen.

»Berlin ist meine Heimat«, sagte er, »in dem Haus am Grunewald bin ich geboren.«

Er bewegte seinen Stuhl mit den kleinen Rädern zur Seite und zeigte auf ein großes Gemälde über dem Kamin.

»Das waren meine Eltern. Und so hat meine Frau ausgesehen ...«

Er machte eine kleine Pause.

»... vor etwa zwanzig Jahren.«

Dann drehte er sich wieder zum Tisch und sah mich

an. Über Stirn und Wangen liefen tiefe Furchen. Seine Lippen waren schmal, die Züge hart, nur die Augen blickten gütig.

Mir gegenüber saß ein dänischer Volksschulrektor. Er wurde unruhig auf seinem Stuhl und nutzte die Gelegenheit, das Thema zu wechseln.

»Mose malt seit seiner Kindheit. Vor drei Jahren fand in Kopenhagen eine Ausstellung mit seinen Bildern statt. Und letzten Sommer wurde ihm vom König ein dänischer Kunstpreis verliehen.«

Mose winkte ab. Er sah starr vor sich hin und verkrampfte seine Hände über der Lehne.

Das Mädchen schob den Wagen mit dem Nachtisch hinein. Ich hatte kaum die großen Pfirsiche in Augenschein genommen, da löste Mose einen Hebel unterhalb der Lehne und federte mit einem Schwung in die Höhe. Wie auf Kommando war das Mädchen zur Stelle, zog den Rollstuhl vom Tisch und half dem alten Herrn auf die Beine.

Er entschuldigte sich kurz und verließ das Zimmer.

Der Rektor fasste mich am Arm und beugte sich weit über den Tisch.

»Er hat Tag und Nacht Schmerzen«, sagte er, »er leidet an einer tückischen Krankheit, sie sehen ja seinen deformierten Körper. Es wird immer schlimmer.«

Ich schaute auf den leeren Stuhl.

»Aber es muss doch Ärzte geben, die ihm helfen können«, sagte ich.

»Die gibt es. Aber er will sie nicht. Er leidet, ohne zu klagen.«

Beinahe hätte ich etwas Ungeschicktes gesagt. Das

Mädchen hinderte mich daran. Es war fast lautlos an den Tisch getreten und bat uns, mit dem Nachtisch schon zu beginnen.

Ich streifte sie mit einem Blick. Zwanzig mochte sie sein. Strohblonde Haare und tiefblaue Augen.

»Eine Deutsche«, sagte der Rektor und nickte mit dem Kopf zur Tür. »Die Tochter eines berüchtigten KZ-Aufsehers. In dessen Lager sind Frau und Eltern von Mose umgekommen.«

Ich muss ihn verstört angesehen haben und fragte instinktiv: »Lebt ihr Vater noch?«

Er schwieg und schüttelte den Kopf.

Nichts Gehässiges lag in seiner Gebärde. Ich hätte es mir außerdem denken können.

»Ihre Mutter hat sich das Leben genommen, als sie hörte, welche Scheußlichkeiten ihr Mann im Lager begangen hatte.«

Wir schoben unsere Schüsselchen beiseite.

»Mose wollte etwas gutmachen und adoptierte die Tochter jenes ...«

»... Verbrechers«, ergänzte ich.

Mein Gegenüber holte tief Luft. Er war sehr höflich.

Die Sache mit Mose verstand ich allerdings nicht.

»Wieso hatte er etwas gutzumachen?«

»Als er mit dem Tode bedroht wurde, hat er das Versteck seiner Frau preisgegeben. Sie wurde einen Tag später liquidiert. Seine ständigen Schmerzen sieht er als Strafe Gottes für seinen Verrat an.«

Ich stellte mir das einen Augenblick vor: ständige Schmerzen. Ich versuchte es zu begreifen. Es gelang mir nicht.

Die Hände auf dem Rücken, wanderte ich von Bild zu Bild. Eine unverständliche Unruhe hatte mich gepackt.

In der Kaminecke hingen Fotografien seiner Eltern und seiner Frau. Die schmucklosen Aufnahmen umrahmten einen vergilbten Spruch. Offensichtlich war er aus der Bibel herausgerissen und hinter Glas gebracht. Ich bückte mich ein wenig und las leise vor mich hin:

> *Du aber, Israel, mein Knecht, Jakob, den ich erwählt habe, du Samen Abrahams, meines Geliebten, der ich dich gestärkt habe von der Welt Enden her und habe dich berufen von ihren Grenzen und sprach zu dir: Du sollst mein Knecht sein; denn ich erwähle dich, und verwerfe dich nicht, fürchte dich nicht, ich bin mit dir; weiche nicht, denn ich bin dein Gott; ich stärke dich, ich helfe dir auch, ich erhalte dich durch die rechte Hand meiner Gerechtigkeit. Siehe, sie sollen zu Spott und zuschanden werden alle, die dir gram sind; sie sollen werden wie nichts; und die Leute, die mit dir hadern, sollen umkommen, dass du nach ihnen fragen möchtest, und wirst sie nicht finden. Die Leute, die mit dir zanken, sollen werden wie nichts; und die Leute, die wider dich streiten, sollen ein Ende haben. Denn ich bin der HERR, dein Gott, der deine rechte Hand stärkt und zu dir spricht: Fürchte dich nicht, ich helfe dir!*
> *Jesaja 41,8–13*

Die Bibelstelle hatte jemand mit Tinte daruntergеschrieben. Und ein Datum, das ich inzwischen vergessen habe. Aus den Dreißigerjahren muss es gewesen sein.

Ich war noch in das Wort vertieft, als hinter mir die Wohnungstür ging. Mose war eingetreten – kreidebleich. Er bemühte sich zu lächeln.

»Es passiert mir einige Male am Tag«, sagte er leichthin, packte seinen Freund am Arm und brachte ihn mit zu mir. Wir standen vor seinen Bildern. Sie gefielen mir außerordentlich und ich sagte ihm das auch. Besonders die Berlinbilder. Berlin lebte. Die Vergangenheit wurde Gegenwart. Sie atmete die Atmosphäre der ehemaligen Hauptstadt.

Er fühlte sich geschmeichelt und rückte verlegen den »Funkturm« gerade.

»Berlin war meine Heimat.«

Er hatte absichtlich die Vergangenheitsform gewählt.

Die Eieruhr

In der Unterprima saßen vierunddreißig Schüler; einer davon war ein Verräter.

Dr. Möhring gab in der Klasse Geschichtsunterricht. Er kannte jeden von ihnen, soweit es sich um ihre Leistungen handelte. Ins Herz ließen sich nur die wenigsten schauen. Die Zeit war dazu nicht angetan.

Der Staat hatte die Bücher verändert und vorgeschrieben, was behandelt werden musste. Man lebte und dachte uniformiert. Man wurde erzogen und geführt, alles im Konfektionsstil. Die Bildung wurde sozusagen von der Stange geliefert.

Wenn Dr. Möhring vor der Klasse stand, war er gelassen, beherrscht vom Kopf bis zur Sohle. Er pflegte eine andere Meinung als die landläufige zu haben, und das wusste man – in der Klasse, in der Leitung der Schule und auch anderenorts. Er schimpfte nie, das entsprach nicht seinem Wesen, und niemand hatte ihn je schreien gehört.

Die Schüler bewunderten ihn. Schon wie er seine Hände hielt. Er dachte mit dem Kopf und redete mit dem Mund und nicht mit Händen und Füßen. Seine Stunden waren beliebt und auf sein Urteil hielt man etwas. Er sprach schlicht und ohne Pathos. Er sagte, was er dachte, und das wurde ihm zum Verhängnis.

Zu Anfang eines jeden Geschichtsunterrichts entledigte er sich immer einer leidigen Pflicht. Die

Schüler legten unaufgefordert die aufgeklebten Wehrmachtsberichte an die Pultenden zur Kontrolle. Jedes Mal ging er still und schnell durch die Mitte des Schulraumes und warf einen gleichgültigen Blick auf die Hefte.

An jenem Tage ging er besonders schnell durch die Klasse, zu schnell für die damalige Zeit. Und wenn Klaus sich nicht gemeldet hätte, wäre alles beim Alten geblieben. Er hatte seinen Platz in der vorletzten Bank und sagte: »Ich bitte um Entschuldigung, dass ich meinen Bericht nicht aufgeklebt habe.«

Vor der Bank blieb der Lehrer stehen und sah den Jungen an. Der schluckte einige Male und bekam feuchte Augen.

»Und?«

In allen Bänken reckte man die Hälse. Der Junge sah sich einen Augenblick scheu in der Klasse um.

»Man hat vorgestern meinen Vater verhaftet – nach dem Gottesdienst.«

Vom letzten Wort blieb nur ein Flüstern übrig.

»Schon gut«, sagte Dr. Möhring und wandte sich zur Klasse. Einige Schüler stießen sich vielsagend an.

»Ich schätze deinen Vater. Er predigt gut. Schreib ihm von mir einen herzlichen Gruß.«

In der vordersten Reihe kratzte eine Feder. Der Verräter hatte mitgeschrieben.

In einer Villa am Rande der Stadt tippte eine Sekretärin die Berichte des Schülers in die Maschine, heftete sie in eine umfangreiche Akte und schob sie einem Beamten auf den Schreibtisch.

Der Mann griff, ohne aufzusehen, nach dem schweren Aktenpaket und ließ die Seiten durch seine Finger gleiten.

Es war eine rote Akte mit schwarzen Streifen auf dem Umschlag. Akten mit schwarzen Streifen handelten von Volksgenossen, die von der Kirche verführt waren und von kirchlichen Amtspersonen.

Der Beamte schraubte seinen Füllfederhalter auseinander und schrieb einen Augenblick auf dem Papier.

Die Sekretärin im Hintergrund stand lautlos auf und wartete, nahm dann das unterschriebene Formular in Empfang und ging.

»Mittwochmorgen um zehn«, sagte der Mann.

Das Mädchen drehte sich um und nickte. Auf Gespräche war das Haus nicht eingestellt.

Die Dienststelle lag wie gesagt am Rande der Stadt in einem wundervoll angelegten Park auf einer kleinen Anhöhe. Noch vor sieben Jahren hatte dort der reichste Mann der Stadt gewohnt. Ein Jude. Er hatte nicht rechtzeitig den Ernst der Lage erkannt.

An der Parkeinfahrt standen zwei Wachsoldaten und kontrollierten die Ausweise. Sie blieben in ihren Wachhäuschen stehen. Es war kalt und regnete schon seit Tagen.

Dr. Möhring grüßte und zog seinen Pass aus der Tasche. Sie schauten ihn uninteressiert an und verglichen sein Gesicht mit dem Passbild. Das Bild war alt, aber sie sagten nichts. Die Soldaten standen schon lange da und waren gleichgültig geworden.

Jeden Tag gingen Deutsche aus und ein. Man munkelte, dass nur wenige durch das Tor wieder zurückkämen. Wo sie blieben, sprach man nicht aus. Man flüsterte zu Vertrauten darüber oder schwieg.

Im Vorraum der Villa standen wieder zwei Uniformierte mit Pistolentaschen an der Seite.

Ein Zivilist führte sie in ein großes Zimmer. Hinter einem Schreibtisch aus Eichenholz saß ein Beamter mit einer randlosen Brille. Randlose Brillen hatte er bislang nur bei Pfarrern und Ausländern gesehen. Die Gläser strahlten etwas Feines, aber auch Kaltes aus.

Hinter dem Mann prangte an der Wand ein Führerbild, fast in Lebensgröße. Sonst wirkte das Zimmer kalt und leer. Die alten Möbel des Eigentümers waren entfernt worden, ebenso die Bilder, die an den Wänden helle Flecke hinterlassen hatten. Nur der Teppich, ein leicht verblichener Perser mit einer altertümlichen Musterung, lag noch an Ort und Stelle und hüllte jeden Tritt weich ein.

»Ich habe Sie vorladen lassen, Herr Dr. Möhring«, sagte der Beamte und nahm ohne Gruß das Verhör auf, »da Ihr Verhalten gegenüber unserem Staat sehr bedenklich zu sein scheint.«

Der Beamte sprach ruhig, aber er hörte deutlich den ironischen Unterton heraus.

Ein Stuhl wurde ihm nicht angeboten, ja es war nicht einmal einer in dem großen Raum zu sehen.

»Das ist Ihre Akte!«

Der Mann hinter dem feudalen Schreibtisch tippte vielsagend auf das dicke Paket.

Es war beängstigend still im Zimmer. Er hörte das Ticken seiner Armbanduhr und das gleichmäßige Summen eines Gerätes. Ein Verdacht stieg in ihm auf.

»Unsere Buchführung seit 1935 ist sauber. Mit Punkt und Komma stehen Ihre trefflichen Anmerkungen hier drin. Gekonnt – gefährlich.«

Der Beamte sprach kurz und abgehackt.

»Machen wir's kurz. Über solche Dinge verlieren wir nicht viele Worte. Sie wissen, was los ist und was für Sie auf dem Spiel steht.«

Dr. Möhring brachte keine Silbe heraus.

»Ich gebe Ihnen fünf Minuten Zeit, dann ist die Sache aus der Welt – andernfalls ...«

Der Beamte hob in einer Andeutung die Schultern und schob ihm einen beschriebenen Bogen über den Tisch.

»Ihr Name genügt.«

Dr. Möhring beugte sich vor und überflog die Zeilen. Entsetzt trat er einen Schritt zurück.

Der Beamte lächelte.

»Nur einen Federstrich.«

Dann öffnete er die linke Schreibtischschublade und holte eine Sanduhr heraus. Eine Weile hielt er sie in der Hand und blickte dabei Dr. Möhring an. Er stellte sie auf den Schreibtisch und der braune Sand rieselte in einem dünnen Strahl nach unten.

»Ich gebe Ihnen fünf Minuten Zeit«, sagte er.

Dr. Möhring schüttelte es einen Augenblick, er schaute wie hypnotisiert auf das Glas.

Der Beamte verzog leicht seine schmalen Lippen. »Vor Jahren benutzte meine Frau das Ding zum Eierkochen. Wenn der Sand unten war, waren sie fix und fertig, die Eier. Kennen Sie das?«

Der Sand rieselte.

Dr. Möhring atmete schwer.

»Ich leihe Ihnen auch den Bleistift zum Schreiben«, sagte der Braune, »niemand wird Ihnen je ein Härchen krümmen, dafür sorge ich. Nur der Name – zwei Worte.«

Er warf seinen Kopf in den Nacken und forschte in den Gesichtszügen seines Gegenübers.

Der Lehrer fuhr sich über die feuchte Stirn und trat nervös von einem Fuß auf den andern.

Fast die Hälfte des oberen Gläschens war bereits leer. Es dauerte eine Weile, bis er sich gefasst hatte.

In die Stille polterte der Braune: »Zwei Worte, oder Sie sehen die Sonne nicht mehr.«

Er war sehr laut geworden.

Dr. Möhring beugte sich über den Schreibtisch und schob das Blatt von sich weg. Es fiel ihm sichtlich schwer zu sprechen.

»Ob mir die Sonne scheint oder nicht, das bestimmt ein Anderer.«

Der Beamte richtete sich auf wie ein Pfahl. Er wollte losbrüllen. Aber er überlegte es sich anders. Mit einem Blick streifte er die Eieruhr und sagte: »Ob die Sonne scheint oder nicht, das bestimmen wir.«

Beide Daumen zeigten über die Schultern auf das überlebensgroße Führerbild.

»Wiiir!«, wiederholte er.

Dr. Möhring schaute von einem zum anderen und schüttelte den Kopf.

»Noch sechzig Sekunden.« Der Beamte hielt ihm den Bleistift hin und legte das Formular zurecht.

Dr. Möhring wehrte ab.

»›Da verlor die Sonne ihren Schein‹, heißt es nicht so in Ihrem Buch?«

Sein Gegenüber presste die Hände ineinander.

»Nein, ich kann nicht.«

Schweißtropfen liefen ihm die Schläfen herunter.

Der Braune warf den Stift auf den Tisch und hob mit der linken Hand die Sanduhr in die Höhe. Das obere Glas war fast leer.

»Noch dreißig Sekunden.«

Mit der rechten Hand schraubte er seinen Füllfederhalter auseinander.

Die letzten Körnchen sprangen ins untere Glas.

Der Braune riss das Formular an sich, öffnete die Akte mit dem schwarzen Band und nahm einen vorgedruckten Bogen aus der Mappe. Er wollte gerade die Feder ansetzen, da geschah es.

Das trübe Licht im Zimmer verschwand und Sonnenstrahlen fielen durch die Vorhänge.

Der Beamte riss seinen Kopf herum. Zwischen dicken Regenwolken stand die Sonne. Unsicher drehte er sein Gesicht wieder vom Fenster weg und schaute den Mann vor seinem Schreibtisch an. Einige Sekunden.

Dann legte er das Blatt in die aufgeschlagene Akte zurück, verschloss sie und griff nach der Eieruhr.

Unschlüssig warf er sie einige Male hoch, fing sie mit der flachen Hand wieder auf und schob sie über die Schreibtischkante in den Papierkorb.

»Unser Gespräch ist beendet«, sagte er.

Dr. Möhring starrte noch auf das helle Fenster. Es war seit fünf Regentagen das erste Mal, dass sich die Sonne wieder am Himmel zeigte.

Wie im Traum hörte er die Stimme des Beamten: »Sie können gehen.«

Die Schwalben

Der alte Bollmann machte die Tür zu seinem Hause zu und ging den Gartenweg entlang. Seine Schlappen schlurften über den Aschenweg. Die Kappe hatte er sich müde in die Stirn gezogen, kein Sonnenstrahl konnte seine Augen berühren. Er hing weit über den Spazierstock gebeugt. Seine gichtigen Beine trugen ihn nicht mehr so wie früher. Aber die Neugier trieb ihn immer wieder auf die Straße.

Am Zaun blieb er stehen. Er blickte auf das Haus seines Nachbarn. Schade, er hätte sich gern mit dem alten Becker unterhalten, aber der lag schon seit Pfingsten auf dem Friedhof. Von Jahr zu Jahr war er fülliger und korpulenter geworden. Ein Unikum war er gewesen, der Becker. Sein ganzes Geld hatte er für Haarwuchsmittel aus dem Fenster geworfen. Und seit 35 Jahren war sein Kopf spiegelblank gewesen.

»Wenn die Haare dauernd unter Alkohol stehen, sind sie zu faul zum Wachsen«, hatte er ihm damals gesagt. Und der gute Becker war mit der Hand über seine Wüste gefahren. Jetzt lag er unter der Erde, das Herz hatte kapituliert.

Der neue Besitzer machte sich schon am Haus zu schaffen. Vor vierzehn Tagen hatte er es gekauft. Nun war es vorbei mit dem Namen Becker an der Haustür. »Heinrich Petzold« stand jetzt in feiner Schrift auf einem Emailleschildchen. Und darunter: »Fabrikant«. So ein feines Schildchen hatten die wenigsten im Dorf. Es passte zu ihm.

Petzold hatte es eilig und klapperte mit Eimern. Die Leute sagten, er handle mit Stühlen. Außerdem sei er gerissen. Bollmann reckte den Kopf vor, um sein Gesicht zu sehen. Er mochte ihn nicht – instinktiv.

Petzold hatte ihn bestimmt am Zaun stehen sehen, aber er drehte ihm den Rücken zu. Er sei aus der Stadt, sagten die Leute, und blicke auf die einfachen Dorfbewohner herab. Vor drei Jahren, wussten einige, sei er noch ein armer Schlucker gewesen und heute könne er sich schon die Villa vom verstorbenen Becker leisten. Bollmann schnitt sich selbst die Gedanken ab.

Bei dem seligen Becker war das anders gewesen. Jeder wusste, wo er hergekommen war und wie er sich hochgearbeitet hatte. Bollmann war oft bei ihm gewesen und hatte den Christuskopf über seinem Schreibtisch bewundert, einen mit großen, schwarzen Augen, die einen verfolgten, wohin man den Kopf auch bewegte. Und unter solchen Augen hatte Becker bis an sein Lebensende gearbeitet.

Die Leute sagten, Petzold sei noch nicht in der Kirche zum Gottesdienst gewesen. Das also war nun sein neuer Nachbar? Schon der Name passte nicht ganz ins Dorf.

Aber die Leute erzählten viel.

Bollmann ließ die Sonne auf seinen Rücken brennen, hing über dem Zaun und dachte nach. Gestern war Petzolds Putzfrau bei ihm gewesen und hatte ihm das Neueste erzählt. Die Leute im Dorf schüttelten den Kopf. Er führte absonderliche Sitten im Dorf ein. Wer hatte schon eine Putzfrau? Nur der Pastor, und daran hatten sich alle gewöhnt. Petzold musste ein sonderbarer Mensch sein.

»Der Bürgermeister überbrachte Petzold die Hausschlüssel«, hatte die Putzfrau ihren Bericht begonnen. »Beckers Erbe war ja an die Gemeinde gefallen, weil er keine Nachkommen besitzt. Petzold hat das Haus samt Inventar erworben. Er strahlte. Ich ging hinter ihm her, als er durch seine Räume schritt. ›Das gehört nun alles mir‹, sagte er und fasste die Tische an und die Stühle, streichelte Schränke und Bilder. Das heißt, eins nicht. Dann setzte er sich an den großen Schreibtisch und legte seine Arme auf die Platte. ›Hm‹, sagte er. Sein Blick fiel auf den Christuskopf an der Wand. Das Zimmer war unberührt, als wäre Becker eben mal hinausgegangen. Und doch war mit ihm das Leben aus dem Zimmer gelaufen. Ich stand hinter Petzold und er nahm seine Zigarre aus dem Mund. ›Das Bild nehmen Sie schleunigst ab. Die Augen laufen ja hinter mir her.‹ – ›Es ist ein wunderbares Bild‹, sagte ich. ›Das freut mich‹, sagte er, ›ich schenke es Ihnen.‹ Zufrieden steckte er seine Zigarre wieder in den Mund und half mir, das Bild mit dem Goldrahmen von der Wand zu nehmen. Wo das Bild gehangen hatte, war die Tapete hell. Offensichtlich gefiel ihm der leere Fleck noch weniger. Seine Zigarre drückte er im Aschenbecher aus und sagte: ›Nur um den leeren Fleck wegzubringen, muss ich ein ganzes Zimmer tapezieren lassen.‹«

Das hatte ihm die Putzfrau erzählt. Und er hatte keinen Grund, daran zu zweifeln.

Bollmann schob seine Kappe höher und umfing das Nachbarhaus mit seinen Blicken. Die Leute hatten ganz recht, wenn sie von Beckers Schwalbenvilla sprachen. Sie stand schon über fünfzig Jahre und machte äußerlich im Augenblick einen erbärmlichen Eindruck. Ohne Farbe und ohne Glanz. Wie er Petzold einschätzte, würde das bald anders werden.

»Ich bin gespannt, was aus den Schwalben wird«, dachte er. Der alte Becker war vernarrt in die Tiere gewesen.

Er verfolgte am Himmel die schnellen Vögel. »Einige wohnen bestimmt bei Becker unterm Dach«, sagte er sich.

Es waren mehr als hundert Vögel, die sich Sommer für Sommer rund um die Villa ansiedelten. Mit mathematischer Genauigkeit klemmten die Tiere in gleichmäßigem Abstand ihre Nester unter das Holz. Die Nester schmückten das Haus wie mit einer schönen Perlenkette.

»Die Villa mit den hundert Balkonen«, sagten die Leute.

Bollmann sah die ganze Zeit schon eine lange Leiter am Giebel stehen. Seine Augen waren nicht mehr so scharf und deshalb entdeckte er den Farbtopf, der oben an der Leiter baumelte, erst jetzt. Er richtete seine Augen auf die Giebelspitze. Sie trug einen kurzen Bibelspruch, wie das früher bei den Häusern üblich war.

»Ehre sei Gott in der Höhe.«

Petzold hielt einen dicken Pinsel in der Hand und kletterte die Leiter empor.

Bollmann hielt den Zeitpunkt für gekommen, ihn höflich zu grüßen.

»Guten Tag, Petzold«, sagte er und blinzelte nach oben. Der grüßte lässig zurück, ließ sich aber nicht stören.

Bollmann dachte nicht daran, sich so kurz abspeisen zu lassen.

»Die Bretter werden dankbar sein«, sagte er, »die haben mindestens zwanzig Jahre keine Farbe gesehen.«

Petzold wollte nicht. Er machte »Hm« und kletterte eine Stufe höher.

»Ich habe den Eindruck, Sie wollen den Spruch da oben verschwinden lassen«, sagte Bollmann.

Zum ersten Mal sah ihn Petzold an. Er putzte seine Finger am Drillich ab.

»›Ehre sei Gott in der Höhe‹, ein Spruch für Kinder, aber nicht für Geschäftsleute, die es mit dieser verdammten Erde zu tun haben.«

Er warf seinen Körper gegen die Leiter, dass die Holme knackten, und legte los. Ihm wurde der Alte lästig. Der spähte nach oben. Es entging ihm nicht, dass Petzold ironisch herunterschaute und seinen Worten nachblickte, die er nach unten geklatscht hatte.

In dem Augenblick schüttelte Bollmann ein hartnäckiger Husten. Seit Jahren litt er darunter. Er überfiel ihn wie ein Aprilschauer. Die Anfälle rissen ihn hin und her. Er spuckte einige Male aus und hielt sich am Zaun fest. Dann keuchte er: »Ich versteh zwar nichts vom Geschäft. Mein Leben lang habe ich im Schneidersitz auf dem Tisch gehockt. Aber ich stelle mir vor, wo eine saubere Buchführung ist, kann Gott einem über die Schulter sehen.«

Petzold legte seinen Pinsel weg. »Haben Sie Becker gekannt?«

Der Alte nickte. »Wie meine Westentasche. Eine Seele von Mensch, sage ich Ihnen. Und das mit dem Giebel wäre ihm nicht passiert.«

»Man glaubt es nicht, aber der hatte ein gewaltiges Bild von dem da oben über seinem Schreibtisch hängen, dass einem die Zigarre ausging, wenn man ihm einige Sekunden in die Augen sah.«

»Und Sie haben es ihrer Putzfrau geschenkt, damit Sie seelenruhig ihre Zigarre rauchen können. Sind keine Neuigkeiten für mich. Weiß ich alles«, sagte Bollmann.

Petzold war sprachlos.

»Sieh mal einer an, wie sich die Nachbarn für mein Innenleben interessieren. Mich überrascht gar nichts mehr. Sicher können Sie dann auch meine Tapete im Wohnzimmer beschreiben?«

Der Alte kratzte sich am Kopf. »Die gelbe Tapete soll gut zu dem blauen Teppich passen!«

Wütend fasste Petzold mit beiden Händen den Pinsel und rührte damit im Farbtopf. Im Stillen ärgerte er sich über die Schwatzhaftigkeit seiner Putzfrau. Und dass der Alte sich in seine innersten Angelegenheiten mischte. Aber man wohnte jetzt auf dem Dorf und musste sich daran gewöhnen.

Er schubste den Pinsel leicht auf der Giebelwand hin und her. Flüchtig sah er nach unten. Ein Gesicht blickte ihn an. Er dachte an das Bild. Jetzt war er in aller Munde.

»Sie halten wohl nichts von dem da oben?«, fragte Bollmann.

Petzold schwieg. »So direkt können auch nur die Leute vom Dorf fragen«, dachte er.

Der Alte blickte an den Pappeln hoch. Sie streckten sich kerzengerade gen Himmel. An der Hauswand zur Parkseite kletterten Efeuranken wie ein gewaltiger Schwarm Heuschrecken empor.

Petzold hatte es plötzlich eilig. Energiegeladen drückte er den Pinsel über die raue Fläche. Unten zersprangen auf dem Steinboden kleine weiße Farbtröpfchen. Er stieg eine Stufe höher.

Ein wütendes Gekreische erfüllte immer mehr die Luft. Petzold, der es gewagt hatte, in das Reich der Schwalben einzudringen, sah sich einer protestierenden Gesellschaft gegenüber. Aus allen Richtungen kreisten sie heran. Petzold zog ängstlich seinen Kopf ein, setzte zaghaft den Pinsel auf die »Ehre« und ließ sie unter den nassen Borsten verschwinden.

»Die Vögel sind böse«, sagte Bollmann, »und der da oben wird wissen, warum!«

Seinen Nachbarn störte das nicht. Er warf seinen Arm mit dem Pinsel in die Höhe und erschreckte die Tiere noch mehr. Dann lachte er, dass der volle Farbtopf an der Leiter schepperte.

Bollmann öffnete seinen Mund und ließ die Pfeife aus der Zahnlücke fallen.

Das laute, feiste Lachen hatte die Schwalben so verwirrt, dass sie in hellen Scharen ihr Geschrei verstärkten und über dem Giebel und Petzolds Kopf lärmten.

Die jungen Schwälbchen streckten ihre gelben Schnäbel in die Höhe. Die Alten waren beschäftigt. Das Ganze sah nach totaler Mobilmachung aus. Und ehe auf der Erde ein Mensch begriffen hatte, um was es eigentlich ging, war der Krieg erklärt. Solidarisch stürzten sich die Vögel auf Petzold und versetzten ihm mit ihren Sichelflügeln heftige Schläge.

Bollmann wusste später nicht genau, wie es weitergegangen war. Er hatte einen wilden Aufschrei gehört und den Körper von Petzold von der Leiter fallen sehen. Die Vögel hatten dann noch eine Zeit lang weitergekreischt, es hatte sich wie Triumphgeheul angehört.

Er hatte am Zaun gehangen und kein Glied regen können. Das Übrige hatte seine Frau besorgt. Vom Geschrei der Schwalben war sie aus dem Haus gelockt worden. Der Krankenwagen war schnell zur Stelle gewesen.

»Die Schwalben haben in Scharen den Wagen verfolgt«, erzählte Bollmanns Frau.

Monatelang lag Petzold schon im Krankenhaus. Niemand durfte zu ihm. Es war ein Wettlauf mit dem Tode. Aber das Herz ließ sich nicht unterkriegen. Mit Müh und Not und vielen Spritzen überstand er die Krise. Petzold atmete auf.

Die Vögel hatten den Vorfall längst vergessen. Nur er nicht. Seine Sinne waren kaum wieder beisammen, da stand die Giebelspitze im Geiste vor ihm. Morgens, mittags und nachts flatterten die Schwalben vor seinem inneren Augen. Das quälte ihn zu Anfang, aber allmählich wurde er ruhig darüber.

Und dann besuchte ihn eines Tages der alte Bollmann. Die furchtbare Geschichte hatte ihm keine Ruhe gelassen. Zuerst war seine Frau dagegen gewesen, dass er gehen wollte. Mit Leuten wie Petzold verkehrte man nicht; sie achteten das Wort Gottes nicht und schlossen sich aus der Dorfgemeinschaft aus. Doch schließlich hatte sie ihm eine Flasche Wein gekauft und er war mit seinen sechsundsiebzig Jahren losgezogen.

Auf dem Flur des Krankenhauses hatte er schon seine Kappe abgenommen, so aufgeregt war er.

Wie ein zusammengeflicktes Fleischbündel lag Petzold da. Der rechte Arm und das rechte Bein in Gips, dazu ein ächzender Streckverband mit Drähten und Gewichten.

Bollmann hängte seine Krücke auf den linken Arm und trat schüchtern ans Bett. Der Kranke strahlte und Bollmann war froh, dass er gekommen war. »Ich wollte mal sehen, wie's geht«, sagte er.

Petzolds Augen wurden feucht.

Die Fenster waren geschlossen, und im Zimmer herrschte eine bedrückende Stille.

Bollmann wollte so viel erzählen. Was hatte er sich nicht alles vorgenommen. Auf der Hinfahrt hatte er Satz für Satz präpariert. Jetzt stand er vor dem Kranken und die zurechtgelegten Worte waren weg.

Petzold schaute ihn freundlich an. »Nehmen Sie doch bitte Platz.« Seine Stimme klang herzlich.

Bollmann fielen die Schwalben ein, die sich längst beruhigt hatten und ihren Jungen das Fliegen beibrachten. Er stellte umständlich den Wein auf das kleine Tischchen. »Das Etikett muss der Kranke sehen können. Du brauchst dich nicht mit dem Wein zu schämen«, hatte seine Frau ihm eingeschärft.

Petzold legte den Gipsarm in seine Hände und dankte ihm. Bollmann verwünschte sich. Kein Gedanke wollte sich einstellen. Die dumme Aufregung hatte alles verjagt.

Das Klingeln der Krankenschwester kam wie eine Erlösung. Er nahm seine Kappe und ging zur Tür.

Im Bett rumorte es und Petzold sagte: »Die Schwalben sind doch tolle Vögel.«

»Ja.«

»Warum waren sie eigentlich so böse?«

»Vermutlich waren Sie ihnen zu nahe gekommen«, sagte Bollmann.

»Nur den Vögeln?«

»Das wissen Sie am besten«, sagte der Alte.

Der Kranke nickte.

»Haben Sie mir nicht gesagt, dass ich da oben nichts zu suchen hätte?«

Bollmann drehte seine Kappe in der Hand. »Ja!«

»Damals war ich nicht davon überzeugt«, sagte Petzold.

Die Krankenschwester trat näher.

Der alte Bollmann grüßte freundlich und ließ die Tür des Krankenzimmers ins Schloss fallen.

»›Tolle Vögel‹, hat er gesagt.«

Er machte sich froh auf den Heimweg.

Der Brief

Johannes Nagel, Rendant des Gemeindeamtes, war geizig, krankhaft geizig. Seine Schuhe verschnürte er mit gefärbten Bindfäden und seine von Rüböl glänzenden Haare klebten wie eine Lackschicht auf seinem schmalen Kopf. Korrekt vom Kopf bis zur Sohle.

Am Telefon meldete er sich mit »Hier Nagel«.

Seinen Vornamen nannte er nie, weil er ihn nicht mochte. Er erinnerte ihn an einen frommen Mann aus der Bibel, und solche Leute hielt er für Schwärmer.

In seiner Wohnung hing ein Bild von Dürer – »Betende Hände«. Daneben ein Wandspruch in Großformat, der ihm von Kollegen zum Geburtstag geschenkt worden war. Er traf den Geiz des Vorgesetzten:

Gönn dir was, bevor du alt bist!
Was hast du vom Leben, wenn du erst kalt bist?

Nagel fand den Spruch gelungen und dachte oft darüber nach. Wie treffsicher hatten seine Kollegen den Kern seines Wesens begriffen. Darum hatte er den Spruch neben die »Betenden Hände« gehängt. Er sah in beiden Bildern den harmonischen Ausgleich des schönen Wortes »Bete und arbeite«.

Seine Frau, eine schlichte Christin, dachte anders. Sie geriet aus der Fassung, als sie den »Großvatertrost«, wie sie den Sperrholzspruch nannte, an der Wand entdeckte. Sie duldete diese Gotteslästerung nicht und bemühte sich auf einen Stuhl, um die Verhöhnung von der Wand zu reißen. Aber in ihrem gottesdienstlichen Eifer wurde sie jäh unterbrochen.

»Der Spruch bleibt hängen, und damit basta. Er ist mir von meinen Kollegen geschenkt worden«, sagte ihr Mann.

Was er sagte, galt.

Dabei zitterte seine Brille auf der Nase. Frau Nagel schluckte einige Seufzer herunter, gab den Widerstand auf und versuchte auf andere Weise, ihren Mann umzustimmen. Es war ihr seit einiger Zeit nicht entgangen, dass ein fremder Geist von ihm Besitz ergriffen hatte. Sie sprach wenig davon, betete aber umso mehr.

Schon dass er in der letzten Zeit immer unwilliger zur Kirche ging, war ihr aufgefallen. Er besuchte den Gottesdienst aus beruflichen Rücksichten. Die Predigt schluckte er wie ein Glas Wasser. Das formulierte er zwar nicht so, aber aus seinen mürrischen Bemerkungen konnte sie das schließen.

Sie lobten ihn alle und er war stolz darauf. Sein Fleiß war über jeden Zweifel erhaben. Er arbeitete mehr als üblich. Oft blieb er länger im Büro.

Ohne das Wissen eines Menschen veränderte er ein wenig die Kirchensteuerbücher. Wie sein Leben mussten sich die Bücher eine doppelte Buchführung gefallen lassen. Das eine strotzte vor Korrektheit. Es war das Abbild seines Herrn. Das Finanzamt konnte Freude daran haben.

Das andere war weniger erfreulich. Nicht, dass es unsauber geführt worden wäre. Im Gegenteil. Nur mit den Zahlen war das so eine Sache. Es bekam außer Herrn Nagel niemand zu sehen. Die Zahlen beider

Bücher wichen merklich voneinander ab. Die Differenz steckte er in seine Tasche, das heißt, er ließ sie in eine hohe Altersversicherung fließen. Er lebte zwar weiterhin wie ein Hund, wollte aber seinen Lebensabend wie ein Fürst verbringen. Und da er so geizig war, kam niemand auf den Gedanken, ihn für einen Dieb zu halten.

Eines Tages geschah etwas Eigenartiges. Nachts, der Mond schien voll und hell ins Zimmer, stand Nagel auf, zog sich an, setzte seine Brille auf und stellte sich vor den Wandspruch mit dem anstößigen Text. Nach einer Weile nahm er den Spruch ab und stellte ihn hinter den Kleiderschrank.

Die Frau war wach geworden und lag reglos im Bett. Sie beobachtete jede seiner Bewegungen und sagte nichts. Nachdem er einige Minuten vor dem Fenster gestanden und den Mond angestarrt hatte, begann er, vor sich hin zu flüstern.

Sie konnte nichts verstehen.

Dann drehte er sich um, verließ das Schlafzimmer und setzte sich nebenan vor den Schreibtisch. Seine Frau schlüpfte geräuschlos aus den Kissen und blinzelte durch die angelehnte Tür.

Er schrieb mitten in der Nacht einen Brief.

Sie zitterte und fror.

Unablässig rutschte die Feder über das Papier. Endlich beschriftete er einen Umschlag, faltete den Brief, steckte ihn hinein und klebte ihn sorgfältig zu. Die Frau lag schon wieder, als er sich entkleidete und stumm sein Bett aufsuchte.

Sie war wütend auf ihn, dass er nun schon nachts am

Schreibtisch saß und arbeitete. Aber sie wollte ihm mitten in der Nacht keine Szene machen und schwieg. Sie drehte sich im Bett um, schluckte einige Male in die Kissen und schlief ein.

Am Morgen schellte der Wecker und trieb die Frau aus den Federn. Die letzten Stunden hatte sie unruhig geschlafen. Im Arbeitszimmer lag der Brief auf dem Schreibtisch. Sie sah mit einem Blick, dass er an das Amtsgericht gerichtet war. Vorsichtshalber legte sie ihn unter ein Buch, um nicht einen Grund zu finden, mit ihm über sein nächtliches Treiben zu streiten.

Ihr Gemahl wollte es offensichtlich anders. Aus dem Schlafzimmer schreckte sie eine wütende Stimme auf: »Emmy, wo ist das Bild geblieben? Du hast es abgenommen. Sofort erscheint es wieder an seinem Platz.« Er warf das Oberbett zurück und fetzte unverständliche Worte durchs Zimmer.

Seine Frau wurde blass. Hatte ihr Mann etwa den Verstand verloren? Er redete vollkommen närrisch.

Sie kam ins Schlafzimmer und baute sich vor ihm auf. »Du selbst hast doch das Bild in der letzten Nacht abgenommen.«

Er stemmte seine Fäuste in die Seite. Seine Augen liefen an ihr herunter. »Das ist das erste Mal, dass du lügst.« Er sah ihr fest in die Augen. »Gib mal meine Brille her. Willst du mir Märchen erzählen und dich über mich lustig machen? Bitte, lass das Geschwätz und häng das Bild auf. Auf die Art wirst du es nicht los.«

Er band sein Kopftuch ab, das er jede Nacht trug, um die Kopfkissen nicht anzufetten, und strich seine klebrigen Haare glatt.

Die Frau las in seinen Augen. Es streifte sie ein Gedanke: Sollte ihr Mann übergeschnappt sein?

Er stand noch immer und wartete. Der leere Fleck an der Wand machte ihn rasend.

»Das Bild ist von meinen Mitarbeitern und ich wünsche nicht, dass es so behandelt wird«, sagte er.

Sie gab keine Widerrede, ging auf den Kleiderschrank zu und zog den Spruch aus dem Versteck.

»Schon gut«, sagte sie.

»›Schon gut‹, sagst du? Die Sache ist keinesfalls gut. Wie kannst du mich belügen, wie kannst du sagen, ich hätte es von der Wand genommen, wenn du es selbst heimlich in der Nacht von der Wand geholt hast?«

Sie war völlig durcheinander und hätte in dem Augenblick nicht beeiden wollen, dass er das Bild tatsächlich abgenommen hatte.

»Sieh mal an, hinter dem Kleiderschrank!«

Sie hing das Bild wieder neben die »Betenden Hände«.

Seine Brille zitterte auf der Nase. »Ich finde es empörend. Du hast mich belogen.«

Das Bild war wieder auf seinem alten Platz.

Er saß beim Frühstück, ohne sie anzusehen, und ging, ohne sie eines Blickes zu würdigen.

Um sich nicht weiter zu erregen, trug sie den Brief zur Post. Er lag noch unter dem Buch, er hatte mit keiner Silbe davon gesprochen.

Sie wurde still und stiller, faltete ihre Hände und hoffte, dass es einmal anders werden möchte mit ihrem Mann.

Drei Tage später wurde Rendant Nagel vom Fleck weg verhaftet.

Kriminalbeamte und Bücherrevisoren prüften seine Räume, schüttelten die Köpfe und setzten bedenkliche Mienen auf. Sie hörte nur immer ein Wort: »Unterschlagung«.

Einer der Beamten, die sie aufsuchten, sagte ihr offen ins Gesicht, was er mit dem Geld gemacht hatte: »Er spekulierte auf einen sorglosen Feierabend.« Dabei kratzte er sich hinterm Ohr und verzog ironisch das Gesicht. Als er die Wohnung verließ, bemerkte er den Wandspruch und lachte, dass man es im ganzen Hause hören konnte. Die anderen Mieter lauschten hinter den Türen.

Der Beamte war noch nicht auf der Straße, da schlug sie das Bild von der Wand und zertrat es. Ihre Nerven kapitulierten. Sie warf sich aufs Bett und schluchzte.

Ihr Mann war ein Betrüger.

Die große Verhandlung fand vierzehn Tage nach der Verhaftung statt. Ein Grafologe und ein gerichtsmedizinischer Sachverständiger waren erschienen. Rendant Nagel hatte keine Ahnung, wer sein streng gehütetes Geheimnis gelüftet hatte.

Atemlose Stille herrschte im Gerichtssaal. Nagels Mitarbeiter saßen im Zeugenstand und waren ebenso gespannt.

Der Richter erhob sich: »Herr Nagel, haben Sie diesen Brief an das hiesige Amtsgericht geschrieben, in dem Sie ihre Schuld gestehen und um eine Bestrafung bitten, um vor Gott und Menschen wieder bestehen zu können?«

Vor Nagels Augen entfaltete der Richter einen weißen Bogen mit dem eingedruckten Namen des Angeklagten in der linken oberen Ecke. Der Brief war in sauberer Schrift abgefasst und trug den energischen Namenszug »J. Nagel, Rendant«.

Nagel rückte seine Brille zurecht, hielt sich an der Bank fest und staunte über die vorzügliche Fälschung dieses Briefes. »Ich habe einen solchen Brief nicht geschrieben. Das kann ich beeiden.«

Er machte eine kleine Pause. »Es ist allerdings nicht zu leugnen, dass es sich um eine Schrift handelt, die geschickt nachgemacht ist.«

Der Richter machte eine Handbewegung nach rechts und forderte den Grafologen auf, sich zu äußern.

»Ich habe diesen Brief mit der Schrift aus anderen Unterlagen des Angeklagten verglichen. Eine leichte Abweichung liegt augenscheinlich vor. Die markanten Züge seines Schriftbildes, ebenso Druck, Ober- und Unterlängenausdehnung, Federstellung und Raumverteilung zeigen eine typische Schriftübereinstimmung. Die Abweichung besteht in einer gewissen Verhaltenheit, bleiernen Zähflüssigkeit, die das Ganze wie unter Alkoholeinfluss oder unter einer gewissen Bewusstseinstrübung geschrieben erscheinen lässt.«

Der Angeklagte schüttelte heftig den Kopf. Alkohol kannte er nur dem Namen nach. Seine Mitarbeiter gaben die gleiche Feststellung zu Protokoll. »Ich bin völlig normal«, rief er in den Saal. Niemand widersprach ihm.

Seine Frau im Zeugenstand rutschte unruhig hin und her. Sie trocknete ihre Hände, die nass geschwitzt waren.

»Bevor wir die Frau des Angeklagten als Zeugin vernehmen«, sagte der Richter, »wollen wir zunächst noch ein gerichtsmedizinisches Gutachten hören.«

Ein Herr mit weißen Haaren und schwarzer Brille arbeitete sich nach vorn.

»Nach dem Gutachten des Herrn Dr. Helbein komme auch ich zu der Überzeugung, dass es sich im Falle des Angeklagten um eine Tat handelt, die bei getrübtem Bewusstsein geschehen ist. Alle Anzeichen deuten darauf hin, dass es sich um Somnambulismus handelt. Die Handlungsweise wurde ihm aus unerklärlichen Gründen diktiert. Ich glaube, dass uns die Frau des Angeklagten mehr darüber sagen kann.«

Der Sachverständige verbeugte sich leicht vor dem Richter und ging auf seinen Platz zurück. Nagel folgte ihm mit großen Augen. Er hatte nicht alles verstanden, aber die Möglichkeit einer Selbstanzeige in schlafähnlichem Zustand erregte ihn dermaßen, dass er seine Umgebung völlig vergaß.

Frau Nagel wartete auf die Sprecherlaubnis des Richters.

»Was der Herr eben sagte, stimmt.« Ihre Stimme klang brüchig und gequält.

Der Richter unterbrach sie: »Frau Nagel, würden Sie uns der Wahrheit entsprechend erzählen, welche Beobachtungen Sie in der Nacht vom 18. zum 19. Juni gemacht haben?«

Die Nacht war ihr in guter Erinnerung. Sie legte das schweißnasse Taschentuch ab und begann: »Wir hatten uns am Abend wie immer früh schlafen gelegt. An meinem Mann war mir nichts Ungewöhnliches aufgefallen. Ich erinnere mich nur, dass er sagte: ›Hoffentlich lässt mich der Mond diese Nacht schlafen, er steht direkt hinter dem Fenster.‹ Sie müssen nämlich wissen, dass ihn der Mond seit Jahren belästigt, und der Herr Sachverständige hat ja davon gesprochen. Ich beruhigte mich sofort, schlief ein, weil ich den Tag große Wäsche gehabt hatte, und war auf einmal wieder hellwach.«

Der Arzt meldete sich zu Wort.

»Können Sie sich an die Uhrzeit erinnern?«

»Es muss nach 24 Uhr gewesen sein«, sagte die Frau. »Als wir zu Bett gingen, schaute der Mond eben über den Horizont.«

Der Sachverständige nickte.

»Ich war also wach geworden, mein Mann stand angezogen im Schlafzimmer. Ganz still blieb ich liegen und verfolgte alles. Nachdem er eine Zeit lang aus dem Fenster geschaut hatte, ging er auf den Wandspruch zu ...«

»Darf ich an die Dame eine Frage richten?«

Der Richter erteilte dem Sachverständigen die Erlaubnis.

»War das Zimmer beleuchtet und konnten Sie Einzelheiten mühelos erkennen?«

»Jawohl, der Mond sah mit seiner vollen Scheibe ins Zimmer. Alle Gegenstände waren taghell erleuchtet. Mir fällt ein, ich konnte sogar die Schlittschuhe meines Ältesten auf dem Kleiderschrank erkennen. Er studiert in Heidelberg.«

Der Richter räusperte sich.

»Mein Mann stand eine Weile vor dem Wandspruch, nahm ihn vom Haken und stellte ihn hinter den Schrank.«

Der Angeklagte richtete sich in der Bank auf. »Das ist nicht wahr, Herr Richter, sie hat selbst den Spruch entfernt, weil er ihr unerträglich war.«

Der Richter beugte sich vor: »Sie bekommen gleich das Wort. Zunächst spricht Ihre Frau.«

»Seine Vermutung ist vielleicht nicht unbegründet«, fuhr sie fort, »der Spruch war mir vom ersten Tage an unsympathisch. Aber das kann ich beschwören, er hat das Bild von der Wand genommen, wortlos und mit einem Ruck.«

Der Angeklagte schüttelte seinen Kopf.

»Als er den Spruch entfernt hatte, stand er einen Augenblick und überlegte, setzte sich dann an seinen Schreibtisch und schrieb lange an dem besagten Brief. Morgens versteckte ich ihn, trug ihn dann aber zur Post. Einige Tage später wurde er verhaftet.« Bei den letzten Worten wurde ihre Stimme schwankend.

Der Richter zog eine krause Stirn und wandte sich erneut an den Sachverständigen. »Herr Dr. Konrad, haben Sie eine Erklärung dafür?«

Der Angeredete unterbrach seine Aufzeichnungen.

»Herr Nagel stand in den Tagen der Abfassung des Briefes unter dem derart starken, gleichsam hypnotischen Einfluss einer guten Macht, dass er nicht anders konnte.«

»Psychologisch halten Sie das für möglich?«, fragte der Richter.

»Zweifellos. Gedanken, Worte und Wünsche sind Mächte, die im Menschen eine innere Revolution herbeiführen können. Zum Guten wie auch zum Schlechten.«

»Sind Sie im vorliegenden Falle auf Beweise seelischer Beeinflussung gestoßen?«

»Als Beweis haben wir zunächst nur den Brief«, sagte der Sachverständige, »die Art und Weise der Beeinflussung müsste eine erneute Zeugenaussage ergeben.«

Der Richter dankte dem Arzt und wandte sich dem Zeugenstand zu.

»Wir nehmen an, Frau Nagel, Sie sind dem Gespräch gefolgt und können uns vielleicht Ihren Eindruck wiedergeben, was den Angeklagten veranlasst haben könnte, den Brief zu schreiben.«

Alle Köpfe wandten sich der Frau zu.

Sie antwortete ruhig. »Die Ausführungen des Herrn Sachverständigen habe ich nicht ganz verstanden. Er sprach von Worten, die einen Menschen umdrehen können. Ich weiß nur, dass ich für meinen Mann gebetet habe, jeden Abend und jeden Morgen. Und Gott lässt keinen Menschen vergeblich beten.«

Nagel vergrub sein Gesicht in den Händen.

Die Verhandlung ging schnell zu Ende.

Die Warze

Nach dem Kindergottesdienst leerte sich die Kirche schnell. Der Pastor ging als Letzter durch das Hauptportal.

Mutlos.

Hinter dem dichten Fliederstrauch blieb er stehen und warf einen Blick auf die Straße. Der Flieder strömte einen süßlichen Geruch aus. Seine Hände umfassten die Bibel und das Gesangbuch fester.

»Freche Gesellschaft«, dachte er.

Eine Horde Jungs, die eben noch im Kindergottesdienst gestört hatten, standen und tuschelten.

Der lange Timmermann war auch dabei. Ein schlaksiger Kerl mit vorlautem Mund.

»Sieh dir nur seine Gurke an mit der dicken Warze drauf.«

Die Warze des Pastors war seit einiger Zeit Gesprächsthema in der Gemeinde. Zum Entsetzen aller war sie innerhalb weniger Wochen aus dem Nasenrücken herausgewachsen.

Niedergeschlagen ging er zum Pfarrhaus hinüber.

Drinnen blieb er vor dem Spiegel stehen. Ausgerechnet eine Warze mitten auf der Nase, prall wie eine Erbse.

»Die Predigt war daneben«, sagte er schwach.

Seine Frau nahm ihm die Bücher ab.

Im Wohnzimmer ließ er sich in einen Sessel fallen.

»Kein Mensch kann sich sammeln, solange sie da sitzt.«

Das Mädchen trug das Essen auf.

Die Frau setzte sich zu ihm auf die Lehne.

Er befühlte den Fremdkörper auf der Nase. In seinem weichen Gesicht wirkte das Geschwür besonders hässlich.

»Mit dem Rasiermesser ist es ein Schnitt.«

Sie sah ihn scharf an.

»Zwischen Mund und Augen ist jede Wunde gefährlich.«

Er sprang auf und lief um den Tisch. »Im Nachttisch liegt das Messer. Es ist fast neu.«

»Willst du uns alle unglücklich machen?«

»Warum? Ich tauche es in heißes Wasser und ...«

»Das Blut der Warze genügt und neue schießen aus der Haut.«

Sie stellte sich vor ihn. »Die Warze hat dich völlig verändert.«

»Ist das ein Wunder?«

»Du sprichst von Wunder?«, sagte sie.

Er riss sich los, ballte die Fäuste und rieb die Knöchel aneinander. Vor dem Bücherschrank blieb er stehen. »Ich bin kein Mensch mehr.«

Die Frau legte Servietten neben die Teller und setzte sich. »Das Essen wird kalt«, sagte sie.

Er nahm stumm Platz.

»Wie oft hast du von Hiob gesprochen!« In ihrer Stimme lag kein Vorwurf.

Er schaute auf seine Hände und blieb lange still. Dann sprach er das Tischgebet.

Am Nachmittag schellte es im Pfarrhaus. Vor der Tür stand Vater Stukenbrink, der älteste Presbyter der Gemeinde. Er drehte seinen breiten Hut in den Händen und kam nicht recht mit der Sprache heraus. Reinkommen wollte er auch nicht.

»Es handelt sich um einen unverbindlichen Tipp, Herr Pastor.«

Der Pfarrer schaute auf die breiten abstehenden Ohren und wusste, dass Stukenbrink es gut mit ihm meinte. Die Haare waren schneeweiß, und das Alter hatte tiefe Furchen in sein Gesicht gegraben.

»Auf dem Süllerkamp, Herr Pastor, wo der Feldweg zur Feuerbeek abzweigt, da wohnt eine weise Frau, genau hinter der Weggabelung, in dem Bauernkotten. Wenn Sie die mal aufsuchen wollen.«

Darum war er also gekommen. Der Pastor nickte. Er wollte den Alten nicht kränken.

»Dem Sieker hat sie auch geholfen mit seinem Furunkel im Nacken. Und dem Meinert bei der Holzschuhfabrik mit der Gürtelrose.«

»Danke, Stukenbrink.«

Der Alte stieg die Stufen hinunter. »Das war's«, sagte er.

Unten drehte er sich noch mal um, nahm den Hut wieder vom Kopf und meinte: »Sie müssen aber alles genau befolgen, was die Frau anordnet, sonst hilft es nicht.«

Ehrfürchtig verbeugte er sich vor dem Pfarrer. Mit beiden Händen dirigierte er den Hut auf seinen Kopf und ging.

Es war dunkel geworden und in einzelnen Häusern

brannten die ersten Lampen, als der Pfarrer auf dem Süllerkamp ankam. Und bald sah er das Haus der Frau auf sich zukommen. Seine Schritte wurden langsamer. Eine Unruhe kroch von unten an ihm herauf.

Er hatte eine bestimmte Vorstellung von der Frau. Eine hässliche, hutzlige Alte mit kalten Augen und verwaschenen flachsfarbenen Haaren. Eine quäkende Stimme und einen holprigen Gang würde sie haben.

Dicht vor dem Haus blieb er stehen. Ein großer spitzer Schatten lag vor ihm. Nachbarn hatte sie keine. Er konnte sich nicht erinnern, jemals hier gewesen zu sein.

Hinter den verhangenen Scheiben brannte bläuliches Licht. Kein Laut ließ sich vernehmen.

Der Pfarrer bekam Angst. Sein Gewissen meldete sich. Die Gedanken waren so mit dem Haus und dem Licht beschäftigt, dass er die Schritte hinter sich überhörte.

Direkt neben ihm verstummten sie.

Er klappte seinen Mantelkragen hoch. Eine hoch aufgeschossene Gestalt befand sich an seiner Seite.

»Man erkennt dich doch«, sagte sie, »dich gibt's nur einmal in der Gemeinde.«

Er ließ die Kragenecken los und schwieg. Die Frau hatte einfach Du gesagt.

Jemand hatte ihn erkannt, ohne seine Stimme gehört zu haben.

»Warum starrst du so in das Licht?«

Er gewahrte nur ihren Schatten. Offensichtlich hatte sie ihn beobachtet.

»Es scheint unnatürlich kalt«, sagte er.

»Unnatürlich?«

»Oder ungewöhnlich.«

»Hältst du die Welt, die du predigst, für gewöhnlich und natürlich?«

Er hätte die Frau gern im Licht gesehen.

»Wohnen Sie hier?«, fragte er.

»Seit dreißig Jahren, und schon mancher hat den Weg zu mir gefunden.«

»Woher wissen Sie, dass ich zu Ihnen will?«

»In dieser Einsamkeit geht niemand nachts ohne Grund spazieren.«

Sie stand dicht vor ihm und berührte seinen Mantel. Am liebsten wäre er zurückgerannt.

»Warum lässt du die Warze nicht operieren?«

Ihre Frage hatte einen ironischen Unterton.

»Es ist zu gefährlich«, sagte er.

»Und vor mir hast du keine Angst?«

Er zuckte mit den Schultern und steckte die Hände in die Taschen. Eine Hitzewelle erfasste seinen Körper. Die Bäume rechts und links des Weges standen wie versteinert.

»Gehen wir«, sagte sie und schob ihn mit der Hand vor sich her.

Er sträubte sich und ließ sich nur schwer bewegen.

»Du kannst auch weiter mit dem Schandfleck herumlaufen!«

Er ging mit wie im Taumel.

Im Wohnzimmer der Frau versuchte er seine Gedanken zu konzentrieren. Seine Hände steckten verkrampft in den Taschen. Sie stand still hinter ihm. Beunruhigt drehte er sich um und musterte sie. Aus ihrem Gesicht blickten dunkle, stechende Augen.

»Du hast geglaubt, ich sähe hässlich aus, das hast du gedacht!« Lauernd senkte sie die Lider.

Er konnte nicht sprechen.

Am Tisch rückte sie einen Sessel zurecht. »Bitte, setz dich!«

Vom Boden hob sie einen Papierstern auf. Er zwang sich zur Ruhe und ließ sich nieder.

Groß und dürr war sie. Aber nicht hässlich, wie er sich vorgestellt hatte. Ihr schwarz glänzendes Haar fiel an beiden Seiten des Kopfes glatt herab. Ihre Gesichtszüge wirkten marmorn und kalt.

Sie trug ein Kleid von schillerndem Grün. Gelassen drehte sie sich um und ließ ihm Zeit, sie von oben bis unten zu betrachten. Der Fünfstern, den sie in der Hand hielt, war mit roter Tusche auf weißem Grund gemalt. Sie legte ihn behutsam auf ihren Schoß, nachdem sie sich gesetzt hatte.

Von hinten fiel das Licht über ihre Schultern.

»Und nun?«, fragte der Pfarrer und rutschte nach vorn.

Sie hob den Stern in die Höhe. »Kennst du das Zeichen nicht?«

»Nein.«

»Das Pentagramm ist das Symbol des menschlichen Lebens. Es ist ein Zeichen der Verbundenheit von Makrokosmos und Mikrokosmos.«

Sie spreizte ihre Hände über dem Stern und ihre Augen schlossen sich.

Er lockerte seine Krawatte. Das Zimmer wurde ihm zu eng. Unwillig sprang er auf, ging im Zimmer auf und ab und versuchte, den empfundenen Druck abzuschütteln. Hinter dem Tisch blieb er stehen, um Abstand von ihr zu haben.

»Sie treiben ein gefährliches Spiel!«, sagte er.

Die Gesichtszüge der Frau spannten sich. Große Augen funkelten ihn an.

»Du verstehst nichts und maßt dir ein Urteil an.«

Sie warf den Stern auf die Erde.

»Hast du jemals die magische Welt kennengelernt?«

Er winkte ab.

»Ich habe die Kraft der Mächte erlebt«, sagte sie.

Der Pfarrer stützte sich auf den Tisch.

»Wen hast du erlebt, Gott oder Satan?«

»Der Name schreckt mich nicht«, sagte sie beherrscht.

»Weil du mit ihm im Bunde stehst!«

»Glaubst du nicht, dass ich die Grenze zur Welt des Bösen kenne?«

»Ich zweifle daran.«

»Meine Arbeit geschieht ohne persönliche Bereicherung.«

»Was hat das damit zu tun?«

»Wer das Gute will, verkehrt mit dem Guten. Und meine Arbeit ist bisher gelungen.«

»Sie hatten Erfolg.«

»Ich habe viele Menschen geheilt«, sagte sie.

»Ist das ein Beweis?«

Stolz blickte sie ihn an.

»Und wenn Sie von den Mächten getäuscht werden?«

Unwillkürlich ballten sich ihre Fäuste.

Unter der weißen Haut ihrer Hände verliefen dunkle Adern. Die Haut war dünn und gespannt, als wollte das Blut jeden Augenblick austreten. Im blauen Licht wirkte ihr Gesicht gespenstisch. Der Glanz ihrer Augen steigerte sich. Vielleicht kam es ihm auch nur so vor. Für Sekunden hielt er ihrem Blick stand.

Sie bückte sich und trug feierlich das Pentagramm zur gegenüberliegenden Wand. Unterhalb eines Spruchbandes hängte sie es auf. Die Tapete wirkte verwirrend. Mit bunten Kreisen und Zeichen waren die Wände übersät. Der ganze Raum schien in Bewegung.

Der Pfarrer murmelte den Spruch vor sich hin. »Wer weit laufen will, muss langsam gehen.« Das Wort war mit polierten Haselnussstäben eingerahmt. Er versuchte, den Sinn zu enträtseln.

Ihre Blicke waren hinter seinen her. Sie war nun wie umgewandelt, die Hände locker und ihre Erregung überwunden.

»Es ist ein asiatisches Sprichwort und Sinnbild aller magischen Arbeit und okkulten Schulung.«

»Und führt Sie langsam, aber sicher dem Abgrund zu«, sagte er.

Reglos stand sie. Nur die Zeichen und Kreise an den Wänden vibrierten hinter und neben ihr. Trotz der Ruhe umgab sie eine lautlose Unruhe. Ihre Stimme bekam einen anderen Klang.

»Du siehst hässlich aus mit der Warze. Jeder sieht es dir an. Ein Wort kann dir helfen.«

Verlegen holte er ein Taschentuch aus der Tasche und wischte sich die Nase. Er versuchte sich ungezwungen zu geben und ging auf die Tür zu. Ihre Augen hatten hypnotische Kraft. Sie kam langsam näher. Weiter zurückweichen konnte er nicht. Sein Rücken berührte die Tür.

»Du willst ausreißen? Vergisst du, dass ich dir helfen kann?« Sie lächelte. »Ohne Messer.«

Die Kreise an den Wänden tanzten wilder. Er dachte an die Warze.

»Darf ich mir eine Zigarette anzünden?« Er wartete die Antwort nicht ab, ging um den Tisch und öffnete das Etui. Seine Hände zitterten, als er die Zigarette anzündete. Die Blicke der Frau gönnten ihm keine Ruhe.

Er hielt das Etui aus schwarz gewordenem Silber in der Hand. In der Innenseite war ein sechseckiger Stern angebracht.

»Weißt du, was er bedeutet?«

Er schüttelte den Kopf. »Ich will es auch nicht wissen!«

Er tat einen tiefen Zug aus der Zigarette. »Sie ist ausgezeichnet, aber sie ist stark.«

»Wie das Wort«, sagte sie.

Der Pfarrer sah auf die Uhr.

»Ich muss gehen, meine Frau macht sich Gedanken.« Die Zigarette wippte zwischen den Lippen.

»In wenigen Tagen sieht deine Nase anders aus, wenn du willst«, schmeichelte sie.

Im Aschenbecher zerdrückte er seine Zigarette und blies den Rauch aus dem Mund.

In ihren Augen sprühte Feuer, aber ihr Gesicht blieb kalt wie eine Maske.

Er knöpfte seinen Mantel zu und ging zur Tür.

»Gute Nacht«, sagte er.

Sie ging dicht hinter ihm. »›Auf Wiedersehen‹, wolltest du sagen, aber du hast Angst.«

Ohne sich umzusehen, riss er die Tür auf und lief aus dem Haus. Wenige Schritte nur, dann umfing ihn völlige Dunkelheit. Er stand still und horchte.

Da streifte die Frau seinen Mantel. Der Schreck lähmte ihm die Glieder.

»Lassen Sie mich los!« Er zog seinen Arm aus ihrer Hand.

Und als er fortrannte, nannte sie das Zauberwort: »Zwei auf dem Ritt, nimm den Dritten mit!«

Jedes Wort hallte laut und deutlich hinter ihm her.

Sie war im Dunkel verschwunden. Seine Schritte wurden rascher und das blaue Licht schwächer.

Sein Herz pochte wild. Durch seinen Kopf schwirrte nur ein Wort.

Gegen acht Uhr schellte der Wecker und riss den Pfarrer aus einem Albtraum. Er war schweißgebadet und fühlte sich abgekämpft. Die Sonne strahlte ins Fenster. Seine Frau war bereits aufgestanden und hantierte in der Küche. Er warf die Bettdecke zurück und eilte aus dem Schlafzimmer. Seine Frau putzte Gemüse.

Als sie sich umdrehte, fiel ihr das Messer aus der Hand. »Was ist geschehen?« Sie wischte ihre Hände an der Schürze ab.

Er starrte sie wortlos an.

»Du hast nichts an den Füßen und stehst auf den kalten Fliesen.«

Die wenigen grauen Haare an seinen Schläfen waren

zerzaust. Sie kam näher und fasste liebevoll seine Hände. Heiß und nass waren sie. »Du zitterst ja.«

»Ich habe einen schrecklichen Traum gehabt.«

Unbeholfen stand er in der Küche. Auf dem Herd pfiff der Wasserkessel. Mit einem Handtuch trocknete sie ihm Gesicht und Hände.

»Hier stehst du im Wege«, sagte sie, »setz dich auf den Stuhl dort.«

Er ließ sich willig in die Ecke schieben. Sie holte ihm Hausschuhe.

Dann brühte sie einen starken Kaffee auf und er begann zu erzählen.

»Ich spüre noch Stiche in der Herzgegend. Bis zum Halse steckte ich im Sumpf. Je mehr ich strampelte, desto tiefer sank ich ein. Du kennst doch das tief liegende Sumpfgelände hinter den Weiden, wo die Gutsverwaltung ihr Runkelsilo hat.«

Sie stellte ihm den Kaffee hin. »Trink, er tut gut«, sagte sie.

»Ich weiß nicht mehr genau, wie es kam. Auf jeden Fall ging ich auf dem Feuerkamp spazieren. Das Korn wogte und in der Ferne tauchte ein Pferd auf. Zwei Menschen saßen drauf. In weitem Bogen lief es um mich herum. Einmal war es rechts von mir, dann wieder links und plötzlich vernahm ich Getrappel hinter mir. Ich könnte dir das Pferd mit allen Einzelheiten beschreiben. Nur die Gestalten wirkten wie unbehauene Klötze. Das Pferd wuchs zusehends. Der Spruch der weisen Frau fiel mir ein, aber ich sagte nichts.«

Er trank einen Schluck Kaffee und wischte sich den Schweiß ab.

»Der Boden dröhnte, wenn das Pferd an mir vorbeilief. Aus dem Kornfeld hörte ich Stimmen: ›Sag es doch, sag es doch.‹ Mal leiser, mal lauter. Nirgendwo war jemand zu sehen. Das Pferd raste auf mich zu. Im letzten Augenblick konnte ich zur Seite springen. Da warf ich den Spruch hinter ihm her. Alles ging ungeahnt schnell. Ein dicker Strick schoss auf mich zu, schlang sich um die Warze und schleppte mich im Laufschritt hinter sich her. Ich keuchte und schrie. Kannst du dir Todesangst vorstellen? In dem Augenblick schellte der Wecker.«

Er fasste sich mit der Hand an den Hals und atmete erleichtert auf.

Sie sah ihn nachdenklich an und sagte nichts. Von der Anrichte holte sie das Frühstück und stellte es ihm auf den Tisch.

Er wehrte ab. »Ich habe Angst«, sagte er, »die Worte der weisen Frau lassen mir keine Ruhe.«

»Du wärst besser zu Hause geblieben. Für einen guten Chirurgen ist so eine Operation eine Kleinigkeit. Ich rufe heute Nachmittag die Klinik an.« Die Schranktür quietschte und verschluckte den letzten Satz.

Er stützte den Kopf in seine Hände und grübelte. »Ich bin zu weit gegangen.«

»Aber es ist doch nichts geschehen.«

Er hob seinen Kopf. »Nichts geschehen?«

Sie legte Messer und Gemüse hin.

»Nichts geschehen?«, wiederholte er. Dabei schaute er sie verständnislos an. »Du warst nicht mit. Selbst die Luft im Zimmer bewegte sich, und die Wände lebten.«

Das Frühstück schob er beiseite. Sie hielt ihm seine

Jacke hin. Prüfend sah sie ihn an. Dann drängte sie sich nah zu ihm und streichelte seine langen grauen Haare aus dem Gesicht.

»Traust du Gott so wenig zu?« Sie fragte mit sanfter Stimme.

»Ich weiß es nicht.« Seine buschigen Augenbrauen bewegten sich erregt.

Liebevoll zog sie seine Arme in die Höhe und faltete seine Hände. »Du vergisst das Wichtigste«, sagte sie.

Er schloss die Augen und schwieg.

Nach dem Frühstück pflegte er Besuche zu machen. In der Regel ging er zu Fuß. Der Arzt hatte es ihm seines Herzens wegen geraten. Die Häuser im Dorf lagen nicht sehr verstreut und die meisten Bewohner sahen ihn gern, wenn er kam.

Das Wetter war schön, wenn nur nicht die Geschichte mit dem Spruch gewesen wäre. Er sah ihn vor sich, wo er ging und stand. Und je mehr er ihn aus seinem Gedankenraum verbannte, desto schneller schlich er sich durch ein unbeobachtetes Loch wieder ein.

Er schritt die große Dorfstraße entlang. Zwei treue Kirchbesucher grüßten ihn, aber er war mit seinen Gedanken woanders. Sie blickten sich verwundert an.

Bei den Kranken hielt er sich nicht lange auf. Und zu ernsten Gesprächen kam es nicht. Die Unruhe trieb ihn wieder auf die Straße. Er wollte nicht, er musste. Ein dummes Wort hielt ihn an der Leine.

In der Sonne wurden die Füße heiß und schwollen an.

Es war Mittag. Kein Wölkchen trübte den Himmel.

Das Schaufenster des Schlachters lag im Schatten. Er stand davor und überlegte. Mit einem Auge überflog er die Dorfstraße.

»Ein Pferd mit zwei Personen drauf«, dachte er.

Er setzte sich auf den Fenstervorsprung und horchte in sich hinein. »Wer hat vom Pferd gesprochen? Die Frau nicht!«

Der Pfarrer drehte sich um und blickte durch die Scheiben in den Laden. Der Sonnenschutz verhinderte, dass er die Verkäufer im Laden gewahrte. Sie beobachteten ihn, wie er seine Lippen bewegte und vor sich hin sprach.

Er nahm den schwarzen Hut vom Kopf und wischte sich den Schweiß ab. Die Armbanduhr zeigte halb eins. Seine Frau wartete mit dem Essen auf ihn. Es kostete ihn Mühe aufzustehen. Die Füße saßen wie eingemauert in den Schuhen. Er humpelte, bis sich die Beine ans Laufen gewöhnt hatten.

Die Straße lag leer. Es gab viele Bauern im Dorf, aber um diese Zeit ruhten Mensch und Tier.

Als von links ein Motorrad heranraste, durchfuhr es ihn. Die Gedanken waren schneller als seine Müdigkeit. Worte schneller als sein Wille. Zwei junge Leute saßen darauf. Und er rief den Spruch hinter ihnen her.

Der Lärm wischte seine Worte vom Mund und nahm auch die Unruhe mit, die ihn einen langen Tag gequält hatte. Erleichtert atmete er auf.

In zehn Minuten würde er zu Hause sein.

Im Pfarrhaus stand das Essen bereit. Neben dem Teller lag der Kalenderzettel. Schweigsam saß der Pfarrer.

»Hast du viele Besuche gemacht?«

»Etwa fünf.«

»Du siehst abgespannt aus.«

»Warst du schon in der Sonne? Sie brennt wie Feuer.«

Er rutschte mit dem Stuhl zur Seite und schnürte seine Stiefel auf. »Dick angeschwollen!«, stöhnte er.

»Möchtest du ein kaltes Fußbad?«

»Nach dem Essen.«

Sie holte die Hausschuhe und trug die Stiefel in die Küche. »Hoffentlich schmeckt es dir nun wieder?«

Er nickte und sprach das Tischgebet, rollte die Ärmel seines Oberhemdes auf und langte kräftig zu. Sie freute sich über seinen guten Appetit.

Während des Nachtisches sagte sie: »Und der Spruch?«

»Bedrückt mich nicht mehr«, sagte er.

»Das beruhigt mich. Dann war es nur ein Traum.«

Der kleine Löffel schabte über den Boden seines Schälchens. »Die Pfirsiche haben ausgezeichnet geschmeckt.«

Beide stellten die Glasschalen ineinander und schoben sie beiseite.

»Was ich dir noch sagen wollte: Ich habe in der Klinik angerufen. Diese Woche ist es unmöglich.«

»Was?«

»Ich sagte doch heute Morgen, ich würde in der Klinik anrufen, damit deine Warze operiert wird. Nächste Woche Mittwoch sollst du kommen, um zehn Uhr morgens und mit nüchternem Magen, der Arzt hat es ausdrücklich angeordnet.«

»Gut«, sagte er.

Dann setzte er seine Hornbrille auf und las: »Heute ist Dienstag, der 6. Juni ...«

An jenem Freitag war im Pfarrhaus Totenstille. Der Hirte der Gemeinde bereitete die sonntägliche Predigt vor.

Ein weißes Emailleschild vor der Haustür belehrte seit Jahren alle unliebsamen Besucher: »Freitags ist der Pfarrer nicht zu sprechen.«

Wenn Leute des Dorfes am Haus vorbeikamen, zeigten sie auf das große Balkonfenster im ersten Stock und meinten: »Er sitzt heute im Himmelreich und bittet den lieben Gott um einige Ratschläge.«

Seit fünfzig Jahren befand sich das Studierzimmer des Pfarrers im ersten Stock und seit fünfzig Jahren nannte man es so. Es hatte eine lange und eigenartige Geschichte. Drei Pfarrer hatten inzwischen das »Himmelreich« strapaziert und dem lieben Gott viele gute Gedanken zum Wohle der Gemeinde abgerungen.

An jenem Tage wurde das Zimmer gut gelüftet und der Gewaltige der Gemeinde erschien beim Allmächtigen zur Audienz.

Die Frau Pfarrer stopfte eine Etage tiefer Strümpfe, und die Hausgehilfin arbeitete in der Küche. Über ihnen war es merkwürdig unruhig.

Die Pfarrfrau ließ die Strümpfe in den Schoß fallen und horchte. Oben ging ihr Mann im Zimmer auf und ab. Mit kurzen Pausen dazwischen hallten die Schritte auf den breiten Dielen. Sie meldeten sich immer an derselben Stelle.

Das Stopfen ging ihr nicht von der Hand. Die Gedanken waren mit ihrem Mann beschäftigt. Seit einigen Tagen war er merkwürdig schweigsam. Die Gespräche verliefen schal und seine Gebete waren leer. Er wich aus, wenn sie fragte, oder hatte es plötzlich eilig. Sein Leben lang war er nicht so in Eile gewesen.

Das Auf- und Abgehen machte sie nervös. Sie sah ratlos zur Decke. Nur die Uhr kümmerte sich um nichts. Leidenschaftslos und gleichmäßig schwang das Pendel.

Der braune Cockerspaniel lag in seinem Kasten und blinzelte seine Herrin an. Er wartete auf ein erlösendes Zeichen. Es kam nicht. Jedes Mal, wenn über ihm die Diele ächzte, zuckte er mit dem linken Ohr.

Oben verstummten die Schritte, und ein lautes Klirren von Glas schallte durchs Haus.

Die Pfarrfrau sprang auf, stieß die Tür auf und rannte die Treppe hoch, hinter ihr die Hausgehilfin. Der Hund winselte und klopfte mit den Vorderpfoten auf die erste Stufe. Das Mädchen blieb an der Treppe stehen und starrte verwundert auf den Hund, der sich zum ersten Male weigerte, die Treppe hinaufzuspringen.

Die Pfarrfrau riss die Tür des Studierzimmers auf. Sie erblickte zerstreute Glasscherben auf dem Boden und einen zerbrochenen Bilderrahmen. An der linken Wand, wo eben noch Dürers »Ritter, Tod und Teufel« gehangen hatte, gähnte ein heller Fleck, an dessen oberem Rande war ein Loch.

»Was hast du gemacht?«, fragte sie. Ihre Blicke wanderten durchs Zimmer.

Der Mann drehte ihr den Rücken zu. Er saß auf einem Stuhl und trampelte mit den Füßen auf einem Bildausschnitt herum. Sie wusste nicht, was sie davon halten sollte.

Als er das Bild zerfetzt hatte, trommelte er mit seinen Fingern nervös auf einem theologischen Kommentar.

»Hast du den Verstand verloren?«, rief sie und trat in die knirschenden Glassplitter.

Jetzt erst erkannte sie, was er angerichtet hatte. Den Teufel auf dem Bild hatte er herausgerissen.

Er murmelte vor sich hin und trommelte.

»Warum hast du das Bild von der Wand geschlagen?«

Verstört fuhr er herum und sah sie aus weit aufgerissenen Augen an. Ohne ein Wort vergrub er sein Gesicht in beiden Händen.

»Sag doch was! Man fürchtet sich ja vor dir.«

»Ich fürchte mich«, sagte er. Es hörte sich kläglich an.

»Aber das ist doch lächerlich. Wovor denn?«

Mit dem Fuß deutete er auf den Boden und stieß die Papierschnipselchen von sich. »Vor dem!«

Das Glas knirschte, als sie näher trat. »Hast du seinetwegen das Bild zerstört?«

»Seine Fratze brachte mich zum Verzweifeln.« Er ballte die Fäuste.

»Deine Nerven sind überreizt. Du brauchst Erholung, sonst nichts.«

Sie stand hinter ihm. Wie ein Häufchen Elend saß er vor ihr. »Schau mich an«, sagte sie.

Unwillig gehorchte er.

Sie wich entsetzt zurück, als sie ihm ins Gesicht sah. »Deine Warze!«

Angst starrte aus seinen Augen. »Was ist mit der Warze?«

»Sie ist weg.«

Sie wagte das Wort kaum auszusprechen.

»Du lügst!«, schrie er.

»Hab ich dich je angelogen?«

Er stürzte an den Schreibtisch. Die mittlere Schublade flog heraus. Ungläubig hielt er sich einen Taschenspiegel vors Gesicht. Er fasste über die Stelle mit der kleinen Vertiefung. Seine Hände vibrierten, als er die Nase abtastete.

Ihre Augen trafen sich.

»Die Frau hat recht behalten«, sagte er.

»Aber die Warze kann doch nicht von selbst abgegangen sein.«

Er klappte den Spiegel zusammen.

»Hast du was daran gemacht?«

»Nein!«

»Du musst dich gestoßen haben, als du das Bild von der Wand geschlagen hast.«

Ihr Mann schüttelte den Kopf. Müde ließ er sich in den Sessel fallen.

Als sie um den Schreibtisch herumging, lag vor ihr sein Predigtblock. Zwei Sätze standen darauf: »Liebe Gemeinde!« Und darunter: »Der Text veranlasst mich, Ihnen eine kleine Geschichte zu erzählen.« Der übrige Bogen war vollgekritzelt mit Kreisen, schiefen Häuschen und Strichen. Oben links stand: »Einleitung«, unten rechts: »Bitte wenden«. Das Ergebnis stundenlanger Vorbereitung.

»Vielleicht sehen wir alles zu kompliziert!«, sagte sie.

»Meinst du?«

Mit dem Kugelschreiber strich er seine magere Vorbereitung auf dem Block durch.

»Ja, wenn es nur die Warze wäre«, sagte er.

»Sei froh, dass die Warze fort ist.«

Seine bösen Ahnungen gaben dem Pfarrer recht. Die Predigt am nächsten Sonntag ging daneben. Die Ältesten steckten ihre Köpfe zusammen. Viele Kirchbesucher gingen verwirrt nach Hause. Die Verantwortlichen der Gemeinde redeten laut aufeinander ein. Selbst die stummen Bauern unter ihnen sprachen an diesem Morgen mehr als gewöhnlich.

Beim Steckrüben-Wilhelm in der guten Stube saßen sie zusammen. Die Kirche lag in der Nähe und es war gemütlich bei ihm.

Einen Augenblick war es still um den Eichentisch. Dann gingen nacheinander die Zigarren in Brand, und eine blaue, dichte Rauchwolke lagerte über dem Tisch.

Sie setzten ein saures Gesicht auf.

Der Schneidermeister nahm als Erster das Wort: »Es war zum Gotterbarmen.«

»Kein Sinn und Verstand drin«, sagte Steckrüben-Wilhelm.

»Bist du in der Lage, einen vernünftigen Gedanken zu wiederholen?«

Keiner ließ ein gutes Haar an der Predigt.

Nur Vater Stukenbrink sagte nichts. Er hörte sich die Kritik an und überlegte. Die Worte gingen ihm nicht so schnell über die Lippen. Aber was er in der Ältestenversammlung vorbrachte, hatte Gewicht.

»Heinrich, du hast noch gar nichts gesagt.«

Stukenbrink fühlte die Augen auf sich gerichtet. Er sah mitgenommen aus. Selbst die Zigarre schmeckte ihm heute nicht.

»Ich kann in eure Klage nicht einstimmen«, sagte er, »ihr wisst nicht, was dahintersteckt. Seine Frau hat mir heute alles erzählt.«

Der Schneidermeister schlug mit der Faust auf den Tisch. Er war stark untersetzt und hatte klobige Finger. Man sah ihm den Beruf nicht an. »Dafür gibt es keine Entschuldigung.« Er wurde oft heftig, die anderen mäßigten ihn dann.

»Die Predigt habe ich ihm vermasselt.«

Neugierig starrten sie Vater Stukenbrink an. Sein schneeweißes Haar gebot Respekt.

»Hast du ihn bei der Vorbereitung gestört?«

Der Alte schüttelte den Kopf.

In seiner bedächtigen Art erzählte Stukenbrink von seinem Besuch beim Pfarrer und von dem unseligen Rat, den er ihm gegeben hatte.

»So etwas gibt es nicht«, sagte der Schneidermeister, »wir leben schließlich in der Neuzeit und nicht im Mittelalter.«

»Als ich so alt war wie du, habe ich das auch gedacht.« Der Alte blieb ernst.

Ihre Zigarren waren inzwischen ausgegangen.

»Und was soll nun werden?«, fragte der Schneidermeister. »Gibt es denn kein Mittel gegen den Zauber?«

Vater Stukenbrink hob seine gefalteten Hände.

»Sonst keines«, sagte er.

Auf dem Nachhausewege entschuldigte sich der

Schneidermeister bei Vater Stukenbrink. Das Temperament sei mit ihm durchgegangen, in seiner Unbeherrschtheit habe er die Zügel schießen lassen. »Das habe ich alles nicht gewusst. So sieht die Sache ganz anders aus.«

»Wahrhaftig!«, mischte sich auch Steckrüben-Wilhelm ein.

Stukenbrink war deprimiert. Man musste schon gut achtgeben, um ihn zu verstehen.

»Unsere Vorwürfe waren überheblich. Wie konnte ich nur glauben, dass die Ratschläge der weisen Frau harmlos sein würden!«

»Vor allem müssen wir jetzt der Gemeinde klaren Wein einschenken«, sagte der Schneidermeister, »das Gerede ist unerträglich.«

In der Tat war die Gemeinde im höchsten Grade rebellisch geworden. Die Leute hatten ihr Gesprächsthema. Alte wie Junge rissen ihre Witze, machten sich lustig über den »Schwarzen«. Es hatte sich sogar das Gerücht verbreitet, dass man ihn demnächst nach Bethel bringen würde. Bethel galt ihnen als Ort für geistig Umnachtete.

Zweimal in der Woche trafen sich die Presbyter zum Gebet – für den Pfarrer. Die Stimmung war unter ihnen umgeschlagen. Sie waren die Einzigen, die rückhaltlos hinter ihm standen. Sie bereuten ihre voreilige Kritik.

Im Dorf sah man die Sache anders. Entschieden anders. Man warf den Ältesten vor, sich vor einen Pfarrer zu stellen, der im Kopf nicht mehr richtig sei. Sie mussten sich Dummheit und Borniertheit bescheinigen lassen, verständen nichts von Geisteskrankheiten und so. Das Urteil war so einhellig, dass sie gegen eine Mauer von Feindschaft anrannten. Das Durcheinander und die übelwollende Meinung der Leute bestärkten das Häuflein der Ältesten in ihrer Haltung. Aber es war schwer. Wo sie gingen oder standen, mussten sie sich Vorwürfe anhören, mal offen, mal versteckt.

Das Gemeindeleben lag völlig danieder. Jugend- und Erwachsenenkreise fielen auseinander. Für die Pfarrersfamilie war es ein Spießrutenlaufen, wenn sie sich in der Öffentlichkeit sehen ließ, bei Einkäufen oder bei anderen Erledigungen. Die Leute grüßten gar nicht oder überfreundlich, steckten ihre Köpfe zusammen und tuschelten.

Und dann schaltete sich die Kirchenleitung ein. Der Bischof war entsetzt. Eine Kommission machte sich auf den Weg. Ein anonymer Brief hatte sie aufgeschreckt. Geschickt war das Schreiben abgefasst. Ganz sachlich wurde das Gemeindeleben seziert, die Bibelstunde, die Jugend- und Männerarbeit und vor allem die Predigt. Für einen unbefangenen Kritiker ein lückenloser, ungefälschter Bericht. Die Tatsachen stimmten, das Material belastete die Ältesten schwer. Sie hatten geschwiegen und es erhärtete sich der Verdacht, dass sie das geistliche Chaos vertuschen wollten. Die Kommission setzte sich gegen die Stimmen der Ältesten durch. Der Pfarrer wurde suspendiert.

Zwei Tage später reiste er mit unbekanntem Ziel ab, ohne Frau, ohne Familie. Niemand hatte mehr mit ihm gesprochen.

Vorübergehend wurde ein pensionierter Pfarrer mit

der Leitung der Gemeinde betraut. Der Gottesdienstbesuch besserte sich langsam, die Gruppenstunden füllten sich wieder und das Gerede ließ allmählich nach.

Allerdings war die Sache zwischen der Gemeinde und den Ältesten nicht bereinigt. Die Kluft war größer als je zuvor. Sie verrichteten sonntags ihren Dienst, aber es hatten sich Gruppen gebildet, die auf eine außerordentliche Gemeindeversammlung drängten mit dem unverhohlenen Ziel, alle Ältesten abzulösen und durch neue zu ersetzen. Systematisch wurde Misstrauen gegen die bisherigen Gemeindevertreter gesät.

Mit Billigung des neuen Pfarrers wurde schließlich der Termin für diese Gemeindeversammlung ausgeschrieben. Unter der Hand wurden Namen für neue Köpfe in der Leitung der Gemeinde ausgehandelt. Männer wurden bestürmt, die sich bisher kaum am Gemeindeleben beteiligt hatten. Die Veranstaltung sollte am Montag sein.

Und dann kam plötzlich alles ganz anders.

Wie ein Lauffeuer verbreitete sich zwei Tage vor dem angesetzten Termin die Nachricht, dass der alte Pfarrer aus der »Verbannung« zurückgekehrt sei und am Sonntag predigen würde. Gesehen hatte ihn bisher keiner.

Vater Stukenbrink wollte es genau wissen und rief im Pfarrhaus an. Es meldete sich die Stimme des Pfarrvertreters, der das Gerücht bestätigte. Es stimmte also, am Sonntag predigte der alte Pfarrer.

Die Neugierde bewegte eifrige und träge, regelmäßige und gelegentliche Gottesdienstbesucher, am Sonntag um 10 Uhr in der Kirche zu sein. Man hätte vom Besuch auf Weihnachten oder Ostern schließen können. Aber es war ein gewöhnlicher Sonntag im Spätsommer. Die Bänke füllten sich, die Emporen knackten und die Orgel stimmte das Eingangslied an.

Und dann trat der alte Pfarrer vor den Altar. Überall reckten sich die Hälse, hier mehr, dort weniger. Er hatte kaum die ersten Worte gesprochen, da sahen sich die Menschen in der Kirche verstohlen an. Es war keine Einbildung, wahrhaftig, sie irrten sich nicht: Der Pfarrer trug eine dicke Warze auf seiner Nase. Offensichtlich an der alten Stelle.

Nach dem Predigtlied schritt er resolut die Stufen zur Kanzel hinauf. Und die geglaubt hatten, er würde über einen beliebigen Text sprechen, sahen sich getäuscht. Viele erinnerten sich noch an seine letzte Predigt. Unverständliches Zeug. Nichtssagende Sätze, wahllos aneinandergereiht. Damals hatte er einen hilflosen Eindruck gemacht. Das schien nun lange her zu sein. Heute klang seine Stimme fest und klar. Keine Unsicherheit, kein Zittern. Er hatte etwas zu sagen, und zwar unmissverständlich.

Der Text, den er für diesen ersten Gottesdienst gewählt hatte, ließ daran keinen Zweifel: »Denn wir haben nicht mit Fleisch und Blut zu kämpfen, sondern mit Mächtigen und Gewaltigen, nämlich mit den Herren der Welt, die in dieser Finsternis herrschen, mit den bösen Geistern unter dem Himmel.«

Die Ältesten hatten also doch recht gehabt. Hier waren dunkle Mächte im Spiel gewesen. Keine Spur von geistiger Umnachtung. Der Bann war gebrochen, die Vollmacht zurückgekehrt.

Nur die Warze saß hässlich und vorwitzig wie eh und je an der alten Stelle.

Nach der Predigt machte er Abkündigungen, wie es üblich war. Jeder war gespannt, ob er die außerordentliche Gemeindeversammlung ankündigen würde oder nicht.

Und dann konnte man eine Stecknadel fallen hören, als er sagte: »In dieser Woche wird mich mein Amtsbruder Pastor Schmidt noch einmal vertreten. Ich werde mir im Krankenhaus die Warze operieren lassen und ich hoffe, dass dann alle Probleme gelöst sind.«

Blubber

Er hieß Erwin und lud mich zu einem Glas Bier ein. Ich war so etwas wie befreundet mit ihm.

Einmal in der Woche ging er zu »Charly«, einer kleinen Gaststätte an der Ecke mit bunten Barhockern und einer langen Theke, die sich wie ein S durch den Raum schlängelte. Es war gemütlich da und der Wirt zapfte ein gutes Bier. Es hatte eine Blume, die mindestens einen Zentimeter über den Glasrand ragte.

»Dann ist die Kneipe gut«, sagte mein Begleiter.

Ich ging hinter ihm durch die Tür.

»Charly« kannte ihn und grüßte mit zwei erhobenen Fingern. Es waren wenig Leute da.

Wir setzten uns in die Nähe der Musikbox.

»Ich höre gern Musik«, sagte mein Freund.

Ein Mädchen, etwa sechzehn Jahre alt, stand vor dem Kasten und wippte mit dem Oberkörper. Sie hatte knallrote Hosen an. Ihr Freund stand neben ihr und wippte auch, gleichzeitig schlenkerte er mit den Beinen. Er lächelte sie dabei vielsagend von der Seite an. Eine Locke seiner wilden Haare hing ihm fast bis in die Augen.

Plötzlich horchte mein Begleiter auf. Das Mädchen hatte ein neues Geldstück in den Automaten gesteckt und eine volle Baritonstimme ertönte aus dem Apparat.

Er griff meine Hand. »Das ist Chris Howland«, sagte er.

Wie er es aussprach. Beim Nachnamen zog er den Mund schief, um den englischen Klang herauszuputzen. Singen konnte der Kerl nicht und trotzdem hatte seine Stimme etwas Faszinierendes.

»Ein Engländer«, sagte er.

Ich sagte: »Das hört man, wie er die deutsche Sprache verhunzt.«

Er blickte vor sich ins Glas. Die beiden Halbwüchsigen starrten gebannt auf die rotierende Scheibe.

»Das hab ich in Paris gelernt, und zwar im Handumdrehn ...«

Der Text war kümmerlich, aber die Stimme elektrisierend.

»Du bist ein fortschrittlicher Pfarrer geworden«, sagte ich.

Er nahm einen Schluck und sah mich an. »Und damit bin ich reingefallen.«

»Wieso?«, fragte ich.

Er drehte der Box den Rücken zu und erzählte mir die Geschichte von Blubber.

»Warum er Blubber hieß, weiß ich nicht mehr. In dem Vokabular seiner Kumpel kenn ich mich nicht aus. Jedenfalls hatte er eine entsetzlich dicke Nase und einen Rücken für zwei. Als er das erste Mal kam, saß er mit halb geöffneten Augen da und man wusste nicht, ob er schlief oder betrunken war. Ich hielt damals besinnliche Stunden für junge Männer in Bergarbeiterheimen hinter den Halden und hatte meine eigene Methode.

Der ganze Kerl war ein Fremdkörper in der Gruppe und brachte mich aus der Fassung mit seiner phlegmatischen Art. Vielleicht war er auch krank, ich weiß es nicht genau. Er redete keine Silbe und rauchte eine Zigarette nach der anderen.

Schließlich schickte ich ein Stoßgebet zum Himmel und redete ihn an. Ihn allein. Es war totenstill im Raum und meine Stimme muss gezittert haben.

›Kennst du Christus?‹, fragte ich ihn.

Er riss seine schläfrigen Augen einen Spalt weiter auf und nahm die Zigarette aus dem Mund. Sie wirkte wie ein dickes Streichholz vor dem Riesenschädel. Dann beugte er sich ein Stück vor und fragte: ›Ob ich wen kenne?‹

Ich war auf alles gefasst und dachte, er wollte mich auf den Arm nehmen.

Einer der rauen Leute lachte.

›Christus‹, wiederholte ich und gab dem Wort etwas Nachdruck.

Er schüttelte den Kopf, warf die Zigarette auf die Erde und trat sie mit dem Fuß aus.

Es herrschte eine unangenehme Stille.

Ich wollte eben meinen Faden wieder aufnehmen, als er mich mit seinen halb offenen Augen ansah und sagte: ›Ich kenne Chris, aber von Christus habe ich nichts gehört.‹

›Chris?‹, fragte ich und schnitt ein undefinierbares Gesicht.

Blubber blieb ernst.

›Wer ist das?‹

Die Bande brüllte wie auf Kommando los. Ich musste mich schrecklich blamiert haben.

›Sie kennen nicht Chris Howland?‹, fragten sie mich aus allen Ecken. Überall saßen grinsende Gesichter.

Nur Blubber lachte nicht mit und ihn warf ich hinaus. Ausgerechnet Blubber.

Ich konnte ihn in der folgenden Zeit nicht vergessen. Er begegnete mir in Gedanken hier und da mit seiner naiv-ernsten Frage.

Und Blubber hatte nicht einmal gelacht.

Zweimal in der Woche saß ich im modernsten Radiogeschäft der Stadt und hörte mir die neuesten Schallplatten an. Sie kannten mich da schon und wunderten sich über den modernen Pfarrer. Sie grüßten mich alle freundlich, aber mehr nicht. Ich weiß nicht, was sie wirklich dachten.

Und dann kam morgens der Brief von Blubber. Aus dem Krankenhaus. Von der Unfallstation.

Seine Schrift war steif und schwerfällig. So schwerfällig, wie er selbst aussah. Ich solle ihn besuchen kommen, und zwar bald, schrieb er.

Es war zwei Tage vor Karfreitag.

Ich packte mir ein nettes Geschenk ein und zog los.

Es hatte ihn furchtbar erwischt. Man konnte ihn wahrhaftig nur noch an seinem dicken Kopf erkennen. Sein Gesicht war angeschwollen und zerkratzt, sein linkes Auge war zu und ein Arm lag in Gips.

Ich glaube, er lachte ein wenig, als er mich sah. Aber es war schwer zu erkennen bei dem zerschundenen Gesicht.

›Die Schwester hat mir den Block gehalten‹, sagte er, ›und ich habe Ihnen geschrieben.‹

›Darüber habe ich mich mächtig gefreut‹, sagte ich und überlegte, was wir miteinander reden könnten.

Sein Zustand war ernst, das hatte mir die Schwester zugeflüstert.

›Ich wollte Sie was fragen‹, sagte er.

Er war schwach und konnte seinen Mund nur wenig bewegen. Mir fiel mein Geschenk ein und ich ließ ihn nicht zu Wort kommen.

›Ich habe Ihnen was mitgebracht. Ob Sie's erraten?‹

Aus der Aktentasche holte ich ein dünnes, viereckiges Päckchen und zeigte es ihm.

›Kennen Sie Chris?‹, fragte ich etwas verschmitzt und machte eine Pause.

›Seine neueste Platte habe ich Ihnen mitgebracht. Er singt bezaubernd. In der letzten Woche habe ich zweimal bei ›Musik-Becker‹ in der Plattenabteilung gesessen, rechts und links einen Hörer am Ohr, und habe mir die Chris-Howland-Serie vorspielen lassen. Er rollt das R wie eine singende Säge. Wissen Sie, ich habe mich nie um Schlagermusik gekümmert, es war mir einfach zu albern. Bis Sie kamen.‹

Er hatte seinen Kopf zur Seite gedreht. In seinem Gesicht zuckte es. Seine Augenlider vibrierten. ›Das ist meine Schuld‹, sagte er.

›Aber wie können Sie so etwas sagen?‹, reagierte ich schnell.

›Ich sehe es.‹

›Was sehen Sie?‹

›Nehmen Sie bitte die Platte wieder mit‹, sagte er, ›ich brauche sie nicht mehr.‹

Ich war einen Augenblick schockiert. Er hatte nicht einmal Danke gesagt.

In seinen Augen glänzte es. Es strengte ihn sichtlich an, wenn er sprach.

Hinter mir wurde die Tür geöffnet. Die Schwester trat ein und gab mir ein Zeichen, den Besuch zu beenden. Sie warf einen flüchtigen Blick auf Blubber.

Ich packte verwirrt die Platte wieder ein.

Als ich mich zur Tür bewegte, bäumte sich der Kranke mit letzter Kraft im Bett auf und sagte: ›Heute will ich nichts von Chris wissen, heute frage ich Sie nach Christus, verstehen Sie, was ich meine?‹

Dann ließ er sich fallen.

Die Schwester hielt mich am Ärmel fest und zog mich nach draußen. Sie wusste nicht, was in ihm vorging.

Ich wäre am liebsten zurückgerannt. Aber es war zu spät.«

Die beiden vor der Box ließen zum zweiten Mal den Engländer singen.

»Daher kenne ich Chris Howland«, sagte der Pastor zu mir und rutschte von seinem Hocker.

Die beiden standen vor dem Kasten, sahen sich verliebt an und wippten. Der Engländer sang: »Das hab ich in Paris gelernt, und zwar im Handumdrehn ...«

Als wir draußen waren, sagte mein Freund: »Bei mir hat es leider viel länger gedauert. Ich habe eine große Chance vor Ostern verpasst, verstehst du das? Zwei Stunden später war er tot.«

Nachwort

Immer hat es mich gereizt, Ereignisse, die mich sehr berührt haben, niederzuschreiben. Eine Handvoll solcher Erfahrungen haben nun Eingang in dieses Buch gefunden.

Die Kurzgeschichten sind im Wesentlichen frei verarbeitete Erlebnisse aus verschiedenen Lebensphasen. Einige spielen in meiner westfälischen Heimat. Andere stammen aus meiner Zeit als Generalsekretär des CVJM. Und etliche spiegeln meine Arbeit als Seelsorger und Therapeut mit Ratsuchenden wider.

Ich würde mich freuen, wenn diese oder jene Geschichte Sie angesprochen hat.

Reinhold Ruthe